NIÑA BELLA

ROSE MARIE TAPIA R.

ISBN: 9789962007319

Portada: Kevin Reimer

Fotografía: Kevin Reimer

Ícono Pictórico: La Rosa Exótica, Myrna Castillero

P. 863 T172   Tapia Rodríguez, Rose Marie

EDICIÓN AMAZON

En los labios niños,
las canciones llevan
confusa la historia
y clara la pena.

Antonio Machado

CAPÍTULO 1

Mi papá se acercó para despedirse, me besó en la mejilla y sentí su rostro empapado; entonces lo miré: tenía los ojos llenos de lágrimas, la nariz enrojecida y la boca cerrada con fuerza. Nunca antes lo había visto llorar.

Tengo once años y mi vida ha sido feliz, hasta este momento. La casa que ahora será mi hogar tiene piso de cemento, las paredes descoloridas y las cortinas rasgadas. No hay muebles, lo único que trajimos después de la venta de patio que hizo mi papi son unas sillas y una mesa pequeña. Para la cocina, una estufa y una refrigeradora, también pequeñas.

Antes de irse, mi papá me advierte que en este barrio no puedo jugar en el parque porque hay muchos peligros en la calle, y me recuerda que ahora estamos rodeados por gente mala. Creo que exagera, no todas las personas han de ser así. Estoy segura de que los niños de mi edad no lo son. Se lo dije, y me regaña por no creerle, me dice que no estamos en nuestra casa de antes, que aquí los niños desde los nueve años ya andan en pandillas.

Cuando mi papi perdió el trabajo, nos arruinamos. Ya ha pasado casi un año de eso y las cosas cada día se enredan más. Al principio pensé que era una pesadilla de la cual despertaría en cualquier momento, pero no ha sido así. Mi mamá no se daba por enterada; dormía casi todo el día, hablaba por teléfono o veía la televisión.

Los días pasaban lentamente, hasta que las apariencias no se pudieron mantener y tuvimos que venir a esta casa que papá dice que será por un tiempo, que luego tendremos otra mejor. Yo no sé. Estas cosas no ocurrieron de pronto, vinieron una detrás de otra. Fueron terribles las discusiones, tanto que ayer, antes de la mudanza, mi mamá sufrió un derrame. Yo cuido a Santiaguito, mi pequeño hermano. Papá fue al hospital, o a buscar trabajo, no sé. Estamos solos y con miedo. Camino por la recámara, la sala y la cocina con Santiaguito en brazos y Cochito siguiéndome. Tenemos hambre.

Desearía tener algo que comer, pero no hay nada, aparte de un chayote podrido, un pepino plumoso y una bolsa con dos pedazos de pan. Necesito comer, el estómago me duele, no tengo a quien pedirle comida. Los vecinos son más pobres que nosotros. Ya sé que algunos se pasan varios días sin comer. Nosotros por lo menos comemos una vez al día, aunque hoy no hemos podido. Tal vez, en la noche, cuando papi llegue, nos traiga leche. Cochito me mira, él no comprende. Mi hermanito de tanto llorar se ha quedado dormido; la leche se le terminó desde ayer y como no sabe hablar todavía, llora para que le den comida.

Siempre pensé que mi papá podía resolverlo todo. Es tan guapo e inteligente, o por lo menos lo era. Ahora siempre está de mal humor y eso lo puedo soportar, pero no puedo verlo desesperado. Ver a mi mami llorar no me afecta mucho, pues ella llora hasta cuando está contenta. Pero cuando mi papá está triste y llora, el corazón se me aprieta y casi no puedo respirar.

Santiago Moreno trabajó por veinte años como gerente en el Mont Blanc Bank. Su carrera profesional fue exitosa. Entró allí a los veintidós años, cuando cursaba estudios en Economía. Inició como cajero y un año después ya era oficial de cuentas. En menos de dos años, ascendió a subgerente y un año después, a gerente. Sabía todo lo que debía hacerse en el banco; se quedaba hasta tarde trabajando y, cuando estaba en casa, lo llamaban a cada rato para preguntarle sobre algún detalle. Eso justificó el hecho de que no prosiguiera sus estudios universitarios; le bastaba con la experiencia ganada en el MBB.

Se casó a los veintiséis años con una mujer bella. La atendió una vez en el banco y fue amor a primera vista. A Miranda Arango, le encantaban la diversión y las fiestas, justo lo que no le gustaba a Santiago. Quizás, más que amor, en ella encontró una válvula de escape, pues le daba prestigio que lo vieran con Miranda, una chica de abolengo, aunque arruinada; pero eso pocos lo sabían y, de saberlo, cualquiera lo habría puesto en duda: no era fácil ignorar sus ínfulas aristocráticas.

Los siete primeros años de matrimonio, Miranda no quiso embarazarse. Fueron varias las discusiones cuando su esposo le pedía que tuvieran un hijo. Ella aceptó con la condición de que él tomara vacaciones y se fueran a Europa, pues deseaba concebir en Venecia. Un capricho más de niña rica. Él solicitó las vacaciones y viajaron por dos meses. En Venecia se quedaron casi un mes.

Ella no se sorprendió cuando le dijeron que estaba embarazada, tampoco demostró ninguna emoción. Santiago, en cambio, saltaba de alegría al enterarse, la tomó en brazos y bailó con ella por toda la casa. Decía una y otra vez que era el hombre más feliz del mundo.

Las siguientes semanas se acrecentó el mal humor de Miranda. Su esposo se desvivía en atenciones para complacerla y ella abusaba. Casi todo el día estaba en la cama, con malestares, con exigencias. Por la noche daba vueltas y no dejaba dormir a Santiago, quien soportaba las torturas con auténtica resignación. Parecía como si ella quisiera castigarlo por haberla embarazado.

El parto fue normal y nació una preciosa niña. Miranda tampoco mostró alegría con el nacimiento de su hija, y no aceptó los nombres que proponía el esposo. En cambio, insistió en que le pusieran el nombre de una chica que salió en la portada del periódico, por quién sabe qué suceso; dijo que no lo había escuchado antes y que le sonaba original: Sayuri. Santiago tuvo que aceptar; él pensaba que la actitud de su esposa era transitoria, producto de una depresión postparto, y que debía colaborar en lo que fuera.

Sayuri creció como una niña normal, era la adoración de su padre y aunque su madre la quería, no había comunicación entre ellas. La pequeña tenía más afinidad con su padre. El primer día de clases fue Santiago quien la llevó a la escuela. Tuvo que regañarla para que se quedara, pero a partir de ese momento, el colegio fue el alivio a la soledad que experimentaba en sus primeros años. Su madre no había querido volver a embarazarse y la niña no tenía con quién jugar. Miranda decía una y otra vez que no deseaba más hijos, que para muestra un botón. Y no era que Sayuri se portara mal, sino que, a ella, en realidad, le fastidiaban los niños.

Sin embargo, la vida le tenía deparada una sorpresa a Miranda. Se enfermó de una gripe que la tuvo varios días en reposo. Consultó al médico y este le anunció que estaba embarazada. Sayuri tenía diez años. Para evitar los mismos traumas del primer embarazo, Santiago adquirió una casa más grande en Costa del Este, una de las barriadas más distinguidas. Era una casa preciosa, de novecientos metros de construcción; en la entrada, un hermoso jardín, rodeado de paredes bajas, con rosales de varios colores; un garaje para cuatro vehículos, y un sendero que conducía hasta la puerta. En la puerta, una placa de bronce en forma de escudo de armas que decía «Familia Moreno-Arango». La sala-comedor era amplia, con piso de granito; los muebles de estilo clásico y la decoración era sobrecargada. Cuatro recámaras con sus respectivos baños, una para la pareja, otra para Sayuri, la del bebé y otra reservada para huéspedes. Un amplio salón de entretenimiento, con equipos de música, un televisor plasma, de cincuenta y dos pulgadas y grandes bocinas. En la parte trasera un pequeño jardín, una piscina y una terraza.

CAPÍTULO 2

A Santiago le preocupaba la hipoteca de su nueva casa, pero él era capaz de cualquier sacrificio para complacer a Miranda. Ganaba lo suficiente como para solventar ese gasto. Solo un año vivieron allí. Parece que la fatalidad se mudó con ellos.

El MBB desapareció tras una fusión de bancos europeos. En las cláusulas del contrato de adquisición, el banco que lo compró se comprometió a mantener a los empleados, pero apenas se consolidó el acuerdo, se iniciaron los despidos, empezando por los ejecutivos de más alto rango. Santiago fue el primero en ser despedido: su hoja de vida, aparte de la experiencia ganada en el Mount Blanc, no correspondía con el perfil del personal del nuevo banco, casi todos universitarios graduados en Europa. Recibió una liquidación apegada a lo que dictaban las leyes, más una carta de recomendación.

Santiago tardó en llegar a su casa esa noche. No sabía cómo darle la noticia a su mujer. Ella marcó varias veces su celular; después de varias llamadas, él contestó; ya era de madrugada y le dijo que llegaría pronto. Cuando lo hizo, pasó directo al estudio y fumó varios cigarrillos. Eso extrañó mucho a su mujer, porque él no solía fumar en espacios cerrados. Le costó mucho darle la noticia a Miranda; sentía que el mundo se derrumbaba a sus pies. Parecía haber envejecido en unas cuantas horas.

La liquidación a duras penas cubriría los gastos de unos cuantos meses. Su estándar de vida era alto y las cuentas se fueron acumulando. Santiago salía todos los días a buscar trabajo en los diversos bancos o entidades financieras de la capital, pero ellos buscaban gente joven, expertos en tecnología de punta. Y él no era ni una cosa ni la otra. Regresaba por la noche, abatido, agotado; la decepción lo agobiaba hasta dejarlo sin aliento.

Así pasaron los meses y se fueron atrasando los pagos de la hipoteca de la casa. El oficial que manejaba la cuenta le recomendó a Santiago venderla para recuperar algo del abono inicial, pero enfrentaba un grave problema: cuando ellos compraron lo hicieron a un precio alto, debido a la buena demanda de propiedades, pero el negocio de bienes raíces tuvo un bajón a raíz de la crisis financiera de 2008 en Estados Unidos, y se devaluaron las propiedades. La famosa burbuja inmobiliaria había colapsado. Cuando Santiago vendió la casa perdió gran parte de lo invertido, y ahora debía buscar dónde vivir según su condición actual.

No hubo un solo día en que Santiago no saliera a buscar trabajo. Se le estaban agotando los fondos y andaba abatido. Por suerte se estaba acabando el año escolar, porque con dificultades pudo pagar los dos últimos meses de la colegiatura de Sayuri.

Miranda se mantuvo al margen y actuaba como si nada estuviera pasando. Dos meses antes de dejar la casa, Santiago despidió al personal de servicio. Su esposa se disgustó mucho y por dos días no le dirigió la palabra. Para no agravar su disgusto, antes de salir a buscar trabajo, Santiago limpiaba la casa y hacía el desayuno. Ella cerraba las cortinas de la recámara y decía que tenía migraña. Debido a ese comportamiento, Santiago la excluyó de las decisiones.

Con los pocos fondos que logró rescatar de la transacción, Santiago compró otra propiedad, humilde, sí, pero que les permitiría tener un techo. La obtuvo gracias a un anuncio aparecido en los clasificados del diario; su dueño la estaba vendiendo por razones de viaje imprevisto, decía que tenía patio con árboles frutales y que estaba cerca de las paradas de buses, en San Miguelito. El precio era atractivo, justo lo adecuado para él en esos momentos. Creyó que si tardaba en tomar la decisión la perdería, y llamó al número del propietario.

Al día siguiente fue a conocer la casa, temprano. Era una mañana con el sol de un oro pálido, un cielo casi azul y de nubes desflecadas por el viento. Aunque aquella mañana no había viento, solo pájaros escondidos en alguna rama ya desprendida de sus hojas, Santiago percibió que su decisión era acertada. El lugar le parecía tranquilo, silencioso; el patio era en realidad un par de metros de hierba crecida y llantas de auto apiladas, y los árboles frutales se limitaban a un marañón raquítico y a un arbusto de maleza que cobijaba a un avispero; nada parecido a lo que estaban ellos acostumbrados, pero les permitiría salir adelante.

En verdad, el propietario estaba apurado en salir de allí, decía que regresaba a vivir al interior, de donde vino muchos años antes. Hasta accedió a hacerle un buen descuento por las reparaciones y la limpieza que necesitaba la casa. Durante el día realizaron los trámites de compra y venta y por la noche las llaves de la casa eran suyas. Se mudarían al día siguiente.

Cuando le comunicó a Miranda que había vendido la casa, ella se encolerizó; pero cuando supo que ahora eran propietarios de otra casa, en San Miguelito, lo maldijo, gritándole que jamás debió casarse con él. Sayuri, desde el comedor, observaba la discusión de sus padres. Su madre gritaba que ella no se iba a mudar y que de su casa la sacarían con la Policía. Santiago trató inútilmente de hacerla entrar en razón, pero ella estaba ofuscada. Corría por toda la casa, se tiraba sobre los muebles, se abrazaba a ellos y decía:

—¡Son míos y nadie me los va a quitar! ¡Nadie, nadie!

—Mujer, cálmate, entiende la situación por la cual estamos pasando. De alguna manera tenemos que sobrevivir. Ya casi no tenemos ni para comer.

—Estás llamando a la ruina. ¿No te das cuenta de que tu pesimismo nos llevará al infierno?

—¡Soy realista! Quiero que sepas que antes de entregar la casa, voy a vender los muebles y los cuadros para cubrir los gastos de la mudanza y los primeros meses. No sé cuánto tiempo estaré desempleado.

—¡Mis cuadros, nunca! Sabes lo difícil que fue conseguirlos. Ni lo sueñes.

—Ya vendí las joyas y los carros. ¿Con qué crees que hemos vivido estos meses? Somos pobres, entiéndelo, pobres, y los pobres no tienen ni cuadro, ni joyas, ni carro.

Miranda gritó y maldijo con rabia, se lanzó con los puños en alto hacia su marido, dispuesta a golpearlo y en ese instante cayó de sus pies. La sorpresa evitó que Santiago la sostuviera y ella se golpeó la frente con la mesa de centro. Estaba inconsciente. Santiago se llevó las manos al rostro, paralizado por la impresión; no sabía qué hacer. Sayuri corrió hacia donde estaba su madre y solo atinó a preguntar:

—¿Está muerta?

Santiago reaccionó, se acercó a su esposa y le tomó el pulso.

—No, hija, está inconsciente. Llamaré a una ambulancia.

Miranda tuvo que esperar horas en el salón de urgencias del hospital del Seguro Social, que estaba lleno de personas aquejadas de los más diversos males, algunos heridos, otros desmayados. El hacinamiento era espantoso. Los pacientes, uno al lado del otro, sin privacidad, hombres y mujeres. Los familiares de los pacientes se aglomeraban angustiados, algunos hablando por celular en voz alta con otros parientes a los que reportaban las novedades; o quejándose por la poca atención que les brindaban; algunos exigiendo un medicamento o la presencia de un médico. La incomodidad y el ruido alteraban a los pacientes. Las camillas en mal estado, oxidadas, los colchones sucios y las sábanas rasgadas. Describir la sala de urgencias del Seguro Social era realmente difícil; el ambiente, la impotencia, la angustia que se experimentaba allí no se pueden expresar. Quizás si se pudiera elegir una palabra para describir la situación reinante habría que decir: dantesca.

No había cama para Miranda y le consiguieron una camilla. Cuando la acostaron, una rueda se salió. La enfermera y Santiago impidieron que la paciente se cayera. Ella ya había recobrado la conciencia y balbuceaba preguntando, una y otra vez, dónde estaba. Nadie le entendía, por lo tanto, no obtenía respuesta. Se llevaba las manos a la cabeza en señal de desesperación; tenía náuseas y vómitos. No movía el lado derecho de su cuerpo y la mirada la tenía desviada.

Su esposo se quedó de pie al lado de la camilla hasta que el médico llegó. Ella no había podido dormir a pesar de los sedantes que le inyectaron. La sala estaba plagada de sonidos, gritos y quejidos. Lo que menos deseaba escuchar Santiago era el arreglo con la funeraria que hacían los familiares de la camilla de al lado; se quejaban de que habían esperado todo el día para ser atendidos. Cuando el paciente fue examinado por los facultativos, ya estaba muerto. La justificación del médico fue que los pacientes que acuden a las salas de urgencias sin padecer un problema urgente impiden que el que está realmente paciente sea atendido con rapidez.

—Alrededor de la mitad de los que vienen son pacientes cuyas condiciones bien pudieron atender sus médicos —agrega el galeno, y sus excusas son como sal sobre la herida de los deudos.

Cuando llegó el neurólogo, le realizó a Miranda un examen rápido, pero completo. Fondo de ojos y flexión de cuello. También verificó la presión sanguínea, pulso en todas las extremidades y ordenó un electrocardiograma y una tomografía cerebral. No obstante, la desgracia nunca viene sola: el equipo del Seguro Social estaba dañado y el médico le sugirió a Santiago que hiciera el examen en una clínica privada. Cuando preguntó el costo y el médico le dio un aproximado, bajó la cabeza; no tenía ese dinero.

—No puede ser que mi esposa se muera porque no tengo para pagar este examen.

—Tómelo con calma, déjeme llamar al Hospital Santo Tomás, en ocasiones ellos nos apoyan.

Miranda fue trasladada al Santo Tomás, donde le hicieron los exámenes. Santiago debió salir para atender los trámites de la mudanza, vender los muebles y los cuadros, pagar otros exámenes y comprar los medicamentos de los que carecía el hospital. Cuando contó el efectivo restante se dio cuenta de que solo tenía quince dólares. Si Miranda supiera que por las cuatro pinturas que ella valoraba en treinta mil dólares solo consiguió novecientos, se moriría de inmediato.

Con el alma destrozada, Santiago tuvo que dejar a sus hijos solos en la nueva casa. Ahora, visto a otras horas, el barrio no era tan tranquilo; se escuchaba música estridente, gritos, y la gente los miró con cara de pocos amigos. Algo más: hasta entonces supo que su casa se hallaba enclavada dentro de los límites de Samaria, un sector conflictivo que todos los días aparecía en la sección de crónica roja de los tabloides. Con razón, el dueño anterior parecía tan apurado en cerrar el trato, por eso el precio de la vivienda era tan bajo; pero ya no podía echarse para atrás. Solo confiaba en que las cosas fueran mejorando para que pudieran salir de allí pronto. Pero primero debía rogar por la curación de Miranda.

Los resultados de la tomografía evidenciaron un infarto cerebral. La mujer debería permanecer hospitalizada en cuidados intensivos durante algún tiempo; los pronósticos de recuperación no eran buenos. Él, desempleado, y sus hijos solos. No tuvo otro remedio que llamar a su madre.

Doña Antonia no estaba al tanto de la precaria situación de su hijo y, aunque sabía que estaba desempleado, desconocía los últimos acontecimientos. Del teléfono público, Santiago la llamó a Monagrillo, pueblo cercano a la ciudad de Chitré donde residía. La señora se acostaba temprano, él lo sabía bien, pero no tenía alternativa. Eran las once de la noche cuando marcó el número; la voz que contestó al otro lado sonó alarmada.

—Mamá, necesito que te vengas para Panamá.

— ¿Qué pasó, hijo? ¿Estás bien?

—No te asustes, pero a Miranda le dio un derrame, tengo que permanecer en el hospital y mis hijos están solos.

—En la madrugada salgo para allá. No te

preocupes, voy a rezar mucho, hijo, para enco-
mendarlos a cada uno de ustedes y que todo se
arregle.

—Gracias, mamá, te voy a ir a buscar a la
Terminal.

—Quédate cuidando a Miranda, yo llego a tu
casa.

—Nos mudamos.

—Entonces llego a la clínica. ¿En cuál está?

—No está en ninguna clínica, mamá, sino en
el Seguro Social, en urgencias.

—Pues allá llegaré, hijo.

CAPÍTULO 3

La señora Antonia llegó al hospital cerca de las nueve de la mañana, solo con un pequeño maletín en las manos. Discutió con una de las enfermeras que no la dejaba pasar. La confusión reinante en la sala la alteró.

—Mi nuera está hospitalizada en urgencias, con mi hijo, y voy a pasar. He viajado desde lejos y no es usted quien va a detenerme. Él está solo y me necesita.

Al ver la determinación de la anciana, la enfermera se encogió de hombros y la dejó pasar. La recién llegada fue de cama en cama hasta encontrar a su hijo. La camilla de Miranda estaba arrinconada en una esquina cerca del baño. Santiago, al verla, se acercó y la abrazó fuerte. En los brazos de su madre se sintió como un niño abandonado por la suerte. Un año atrás su situación era diferente. Estaba tan ocupado que casi no la llamaba; ahora, abatido por las circunstancias, no había tenido otro remedio que recurrir a ella.

Santiago le pidió que se sentaran en la sala de espera, necesitaba desahogarse con alguien y quien mejor que su madre.

—Hijo, ya que no recurriste a mí, ¿por qué no le pediste ayuda a tus amigos?

—¿Cuáles, mamá? Cuando estás desempleado, tus antiguos amigos te abandonan, por miedo a que les pidas un préstamo.

—Te siento resentido y amargado.

—No, mamá, lo que estoy es preocupado. Cada vez que le administran un medicamento a Miranda, tiemblo. Recuerdo que en el 2006 se produjo la muerte de más de trescientas personas por medicamentos envenenados con dietilenglicol. Eso fue un verdadero desastre y los culpables se pavonean aún por todo el país, como si nada hubiera pasado.

—En eso tienes razón, hemos perdido la confianza. Yo le temo también a los medicamentos genéricos. Los funcionarios del Seguro Social dicen que son iguales, pero no se los darían a sus abuelas. Creen que el pueblo es pendejo. ¿Cómo van a hacernos creer que un medicamento que cuesta diez centavos es igual a otro que vale dos dólares?

—Mamá, voy a llevarte a nuestra nueva casa para que te quedes con los niños. Tengo que advertirte que es humilde. No quiero que te impresiones.

—No te preocupes, hijo.

La señora Antonia nunca se imaginó que Santiago se transportaría en bus y menos en un diablo rojo. Ella, en su juventud, lo hizo muchas veces cuando viajaba a Panamá, pero desde que mejoró la situación de su hijo, no volvió a hacerlo. Con el corazón oprimido por la tristeza y el miedo, abordó el transporte público, que a esas horas iba abarrotado de pasajeros. El secretario del conductor les gritó para que se dieran prisa. Recordó el accidente del lunes 23 de octubre de 2006, cuando un incendio consumió en escasos minutos un autobús y provocó la muerte de dieciocho personas. Nunca se supo a ciencia cierta lo ocurrido, algunos aducen que fueron desperfectos mecánicos; otros, simple codicia de quienes lucran con las necesidades del pueblo. El sonido estridente de la música interrumpió sus reflexiones. No compartió esa preocupación con su hijo; ya tenía bastante con la tragedia que estaba viviendo. En la parte trasera, dos mujeres discutían con palabras obscenas; minutos después comenzaron a golpearse. El conductor detuvo el bus y el secretario a empujones las bajó. Santiago estaba tan perturbado que su madre sintió pena por él.

En la relación entre su esposa y su madre, Santiago siempre estuvo entre la espada y la pared. Reconocía que doña Antonia tenía la razón, pues desde que Miranda la conoció demostró un enorme desprecio por ella. El gesto altivo y displicente de su mujer le hizo recordar a Santiago la humillación de la que fue objeto cuando el padre de Miranda le preguntó la procedencia de su familia. Cuando le dijo que su padre había muerto y que su madre era una humilde ama de casa en Monagrillo, el señor Arango se encolerizó y le advirtió que nunca permitiría que se casara con Miranda. Lo largó de la casa sin contemplaciones. Ese día Santiago juró que se casaría con ella a cualquier precio; y así lo hizo meses después. Ninguno de los Arango asistió a la boda, pero a él eso lo tenía sin cuidado. A ella sí le afectó, y a cada momento miraba hacia atrás, esperando que llegaran sus parientes.

Al poco tiempo se supo que desheredaron a Miranda. Aunque la familia estaba virtualmente arruinada, conservaba algunas propiedades. Ni siquiera cuando nació Sayuri pudo darse la reconciliación. Por eso ella culpaba a su marido una y otra vez. Los señores Arango fallecieron en un accidente de aviación, sin perdonarla. Al sepelio asistió sola, y debió presenciar la ceremonia desde lejos, como una extraña y no como una hija.

Poco tiempo llevaban de casados cuando se produjo la primera riña entre suegra y nuera; Miranda le dijo que ella era chusma, que era ignorante, que carecía de educación. Antonia se defendió, porque, si bien no tenía título universitario, no era una ignorante, al contrario. Santiago tuvo que intervenir, pero a partir de ese día ambas se distanciaron. Él llevaba a los niños a ver a la abuela, pero esta jamás aceptó visitarlos sin que Miranda la invitara.

Ahora, doña Antonia sabía que era el momento de deponer las armas. Por mucha antipatía que sintiera por su nuera, su hijo la necesitaba y ella estaba dispuesta a cualquier sacrificio para ayudarlo a aligerar la carga. Santiago venía inmerso en sus pensamientos y, como conocía poco esas calles, casi se le pasa la parada, lo que motivó el disgusto del conductor, quien le advirtió que anduviese más despierto.

Al llegar a la casa, doña Antonia preguntó cómo se llamaba el barrio.

—Estamos en el distrito de San Miguelito, mamá, y este lugar se llama Samaria.

—Samaria, ¿cómo en la Biblia?

—No, mamá, este es un barrio peligroso.

— ¿Por qué te mudaste aquí?

—Digamos que era lo único que podía comprar con el poco dinero del que disponía, pero no te preocupes, en este barrio también hay gente buena.

—No lo dudo, hijo, no lo dudo.

Sayuri se alegró mucho al verlos llegar, en especial, por la presencia de su abuela.

—Querida abuelita, tu visita es lo único de lo que podemos alegrarnos.

Doña Antonia abrazó a su nieta, ella era su preferida. Dicen la mayoría de las abuelas que no tienen nietos favoritos, pero ella sí lo tenía, aunque no lo confesara. Sayuri mostraba tanto amor por su abuela que despertaba los celos de Miranda, quien le reclamaba, en tono airado, que quería a esa vieja más que a ella. La niña no le hacía caso y eso disgustaba mucho más a su madre.

Tener a mi abuelita con nosotros me quita un poco la tristeza. Ella es bonita, no aparenta la edad que tiene, tal vez porque es delgada y ágil. Siempre está alegre y sonriente. Es presumida y no sale de la casa si no se arregla. También es buena y me quiere mucho. Se acaba de ir a la tienda con mi papá para comprar algo de comida. Estoy segura de que nos va a hacer una comida buena. Ella ni me creía cuando le dije que solo comemos una vez al día. Se hizo la fuerte para no llorar, pero le vi los ojos aguados cuando me abrazó y al oído me dijo que nunca más pasaríamos hambre. Me contó que recibe de su pensión un cheque de trescientos cuarenta dólares, aunque es poquito, por lo menos para comer nos va a servir. Yo sé que ella va a arreglarlo todo, es una mujer sabia, eso lo dice siempre mi papi.

CAPÍTULO 4

El minisúper estaba cerca de la casa y cuando venía de regreso, doña Antonia le reclamó a su hijo por no ponerle al tanto de su situación económica. Ella estaba dispuesta a ayudarlo.

—Hijo, si tengo que vender la casa, lo haré. Tienes meses de estar desempleado y es hora de que pienses en poner un negocio, aunque sea pequeño.

—Mamá, no vendas tu casa, es lo único que tienes.

—No hijo, lo único que tengo eres tú y mis nietos.

Doña Antonia compró comida para hacer la cena y le dijo que al día siguiente irían al supermercado. Santiago se sentía apenado.

—En el supermercado el dinero nos rendirá más, ¿no te das cuenta?

—Mamá, hasta ahora solo he podido comprar comida para un día.

—No te perdono que me hayas ocultado la situación tan grave que estabas enfrentando. Para eso es la familia.

Tenía tiempo que no comía algo tan bueno, eso me hace recordar los buenos tiempos. Escuché a mi abuelita hablar con mi papá. Estoy feliz, ella viene a vivir con nosotros. Aunque no sé cómo lo tomará mi mamá. Ellas se pelearon y no se hablan. Bueno, mi papá me dijo que mi mamá no puede hablar, su enfermedad le afectó la garganta, algo así me dijo, no me acuerdo.

Ya mi abuelita tiene un mes de estar con nosotros. Me llevó a mi nueva escuela porque mi papi hoy tiene una entrevista de trabajo. Ojalá consiga uno bueno. Ya me he acostumbrado al barrio, no todos son malos, la mayoría de la gente es buena y servicial. Le avisaron a papá cuando pasó el camión del municipio recogiendo chatarra, y hasta lo ayudaron a sacar el montón de llantas viejas del patio; ahora se ve más amplio. Mi abuela tiene varias amigas. Cuando hay un problema van a la casa a consultarla; se los he dicho: ella es sabia.

Mi papá no consiguió el trabajo, según le comentó a mi abuela, no pasó la «prueba tecnológica». Para ese puesto debía conocer un programa de computadora algo complicado. Y mi papi no sabe casi nada de eso. Solo lo que aprendió en el banco, que no fue mucho. Yo sé un poquito más, pero creo que ese programa no lo conozco. En el colegio San Agustín nos dieron clases de computadora desde segundo grado. En mi nueva escuela solo tienen dos computadoras para cuarenta y tres estudiantes, las otras están dañadas. Eso no me afecta tanto, lo que más me entristece ha sido perder a mis compañeros, casi todos eran mis amigos. Desde que llego de la escuela, ceno y me acuesto. No me gusta la jornada de la tarde, porque no hay tiempo para nada.

Estoy acostada, mi abuelita vino a darme el beso de buenas noches. Ahora que somos pobres, mi papi habla poco conmigo. Está triste y se sienta en la cama por horas. Yo lo miro, sin que él se dé cuenta. Se lleva las manos a la cabeza y está triste. Ya he conversado con Dios y le he pedido que mi papi no se ponga así. No puedo soportarlo. A veces pienso que es un castigo porque siempre lo quise más a él. Pero cuando me confesé para hacer la primera comunión, se lo dije al padre, y él me advirtió que querer nunca es pecado, aunque queramos más a unos que a otros.

Estoy haciendo un esfuerzo para adaptarme, pero no me gusta mi escuela actual, después de estar en un colegio como San Agustín, cualquier otro me parece horrible y mucho más si es una escuela pública. Y no es que yo sea una niña vanidosa, pero es fea esta escuela. La maestra se queja de que el techo tiene fibra de vidrio y que eso nos enferma, no obstante yo de eso no entiendo. Las paredes están descoloridas, los baños son un asco, las bancas se están cayendo y cuando llueve nos mojamos. Ayer, cuando llovió, uno de los niños abrió un paraguas y la maestra lo regañó. Eso debe darnos tristeza, lo sé, pero nos reímos mucho. Mis compañeros no son malos, pero sí vulgares: hablan a gritos, dicen palabras obscenas y se pelean entre ellos. Pero tengo que reconocer algo, son mucho más divertidos que los de mi antiguo colegio.

Recuerdo que la primera semana de clase nadie me hablaba, me decían «La yeyesita» y todos se reían. Fue difícil para mí. La maestra hizo una pregunta que ninguno sabía y como yo contesté, me tiraron cuadernos, plumas, lápices. Cuando me senté, la silla se rompió, caí de espalda y todos reían a carcajadas. La maestra los regañó, pero ellos continuaban riéndose. No pude contenerme y lloré. En ese momento Chela, una niña grande, la peor portada, se acercó a mí y me dijo: «No les hagas caso, que son unos idiotas, lo que pasa es que te envidian». Sonaron bien sus palabras, porque yo estaba asustada. «Gracias, me duele mucho que no me acepten. Es verdad, mi familia era rica, pero ahora soy más pobre que ustedes y no tengo la culpa». Chela levantó la voz y señaló a todos con el dedo, puso cara seria y nadie le contestó después: «Escuchen todos: el que molesta a Sayuri, se mete conmigo, ya saben».

A partir de ese momento, Chela ha sido como una hermana para mí. Solo me ha pedido el favor de que le cuente cómo viven los ricos. También quiere que le enseñe a caminar y a sentarse como una lady, como me decía mi mamá, que debía sentarme y caminar. Ella es grande y fuerte, y me confesó que tiene miedo de quedarse así y después ser una mujer ordinaria, fea. Me habló de la protagonista de una telenovela que ven en su casa, y dice que quiere ser como ella cuando sea grande, pero no tenemos televisión y no pude enterarme de quién es su modelo.

Desde que somos amigas, ya otras niñas conversan conmigo. A los niños les tengo miedo porque hablan de balaceras, de pandillas y de asesinatos. Uno de ellos le dijo a Chela que cuando estuviera grande quería ser sicario. No sabía el significado de esa palabra, la busqué en el diccionario y me asusté mucho. Es triste la realidad de estos niños.

También conozco a Joaquín, es un niño guapo, lo que más me gusta de él es su piel canela, sus ojos color miel y esa sonrisa que siempre luce. Parece un niño bueno, pero su apodo es feo: «Plomito»; no me gusta. Chela me dijo que le dicen así porque, cuando tenía dos años, resultó herido en un tiroteo. Unos sicarios fueron a buscar al papá para ajusticiarlo por un problema de «tumbe de drogas». Tampoco conocía esa expresión y ella me dijo que les robó la droga a unos vecinos que pertenecían a una pandilla poderosa en el barrio. No quise saber más; después no puedo dormir. Me da tanto miedo que ataquen a mi papá. Lo único que me consuela es que ya ellos saben que somos pobres.

Este sábado tuvimos un día familiar en nuestra escuela, fue iniciativa del club de padres de familia. La escuela estaba deteriorada, el Ministerio de Educación dio los materiales para arreglarla, pero faltaba la partida para la mano de obra. El presidente de la asociación propuso que los padres arreglaran y pintaran la escuela, y que las madres limpiaran los baños, pasillos y aulas de clases. Quedé asombrada de la habilidad de mi papi, nunca lo había visto haciendo ese tipo de trabajo. Él me dijo que cuando era joven había aprendido para ayudar a mi abuelita.

Mi mamá no fue a limpiar, ella está enferma, esas labores «domésticas» como ella las llama, no le gustan. Mi abuela acompañó a mi papá. Ella sí sabe hacer de todo. Cuando terminaron la escuela ya no se veía tan feíta.

A todas las reuniones de padres de familia mi papá asiste acompañado de mi abuela. Ella hizo muchas amistades en la jornada de pintura de la escuela. Tiene buenas ideas y las expresa sin timidez. Mi maestra está encantada con ella. Conversaron por varios minutos y organizaron la próxima actividad: la creación de un huerto escolar. Mi abuela siempre me habló del huerto que ella tenía en su casa. Cada uno tenía su tarea que realizar y mi abuela lo cuidaba con esmero. En su casa nunca faltó la fruta, los vegetales, ni las verduras. Además, criaban gallinas. Por esa razón, por pobres que fueron, jamás pasaron hambre. Ella dice que lo que pasa es que las personas de ahora son flojas y poco imaginativas. Prefieren abrir una lata de *Pork & beans* antes que sembrar frijol de palo.

La directora del colegio encargó a la profesora de Educación para el Hogar, en conjunto con mi abuela y dos miembros del club de padres de familia, para que hicieran el proyecto del huerto escolar. De esa manera, la escuela tendría la capacidad de darles alimentación a sus estudiantes.

La comisión del huerto escolar presentó el proyecto en una semana. Los objetivos eran claros. Tenían dos patrocinadores de la empresa privada. No era mucho lo que se necesitaba: semillas, abonos, pala, rastrillos, machetes y otros. Uno de los inspectores de la escuela ofreció su colaboración para hacer el trabajo más fuerte, ayudado por los padres de familia. De esa manera, se evitaba que los niños corrieran riesgos innecesarios.

La alimentación escolar es una potente herramienta que permite aliviar el hambre a corto plazo e incrementar la capacidad de aprendizaje de los niños. También ofrece un incentivo para que los padres envíen a sus hijos a la escuela o permitan que asistan con puntualidad. Los huertos escolares, cuando se planifican y ejecutan con el apoyo de los padres y la comunidad, pueden complementar los programas de alimentación escolar y aumentar sus efectos a largo plazo en el estado de salud, nutrición de los niños y en los logros académicos.

La ventaja que representa la horticultura escolar es el papel activo que desempeñan los estudiantes. No solo se procuran alimentos para sí mismos, sino que al hacerlo participan con sus padres en el proceso de aprendizaje, en lugar de ser únicamente beneficiarios pasivos. Cuando los alumnos no han intervenido en la planificación y gestión de los proyectos y no comparten directamente ni lo producido ni las ganancias, en general rechazan el trabajo, lo cual hace que el proyecto fracase. Los niños se sienten felices cuando el producto de su labor en el huerto escolar se usa para preparar su almuerzo. La horticultura permite asimismo trabajar en grupo y disfrutar de los resultados de la labor realizada, así como de los conocimientos adquiridos en materia de agricultura y nutrición.

Meses después, el huerto escolar proporcionaba la mayoría de los alimentos que utilizaba el comedor para la preparación del almuerzo de sus estudiantes. Tal como se proyectó, varios de los padres emplearon este aprendizaje para hacer su propio huerto familiar.

Sayuri estaba feliz, pues su abuela había demostrado, una vez más, ser una mujer creativa.

Cada vez que terminaban un proyecto, doña Antonia presentaba el próximo y aunque a la directora del colegio le pareció algo difícil de ejecutar, no quiso desanimar a los padres de familia. Ahora proponía hacer varias actividades para proveer de suficientes libros a la biblioteca del colegio, pues notó que eran pocas las fuentes con las que los estudiantes podían hacer sus tareas, por lo que propuso organizar un círculo de lectura donde participaran no solo los estudiantes y los padres de familia, sino la comunidad en pleno.

Dice mi abuela que cuando la educación es deficiente, los libros son el complemento. Ella es la prueba viva de que eso es cierto. Siempre lee, y también le fascina escuchar la radio, por lo que siempre está enterada de diversas actividades. Así supo de un programa llamado «Tertulia Literaria», donde se promovía el hábito de la lectura comprensiva y se fomentaba el interés de los jóvenes. Con la ayuda de este programa se recolectaron cuatrocientos libros en quince días. Varias de las librerías donaron ejemplares de texto y obras literarias; también lo hicieron las personas que semana a semana escuchan ese espacio cultural sabatino.

Otros colegios copiaron la iniciativa de este colegio en Samaria y en menos de un año, ya el proyecto tenía cobertura nacional. Cada vez que se comentaba el éxito, Sayuri decía que había sido idea de su abuelita.

CAPÍTULO 5

Ahora les voy a hablar de mi maestra: tiene como treinta años y es bonita. Bueno, para mí todas las personas buenas son bonitas. Yo creía que todos los maestros y profesores tenían carro. Mi maestra viaja en bus. Ella me contó que de niña fue pobre y que su mamá vendía frituras para mantener a su familia. Mi maestra desde joven tuvo que trabajar para pagarse la universidad y aún sigue estudiando. Tiene tres hijas y su esposo también está desempleado. Creo que por esa razón comprende bien la situación de mi familia.

Todas las noches mi perrito viene a dormir conmigo. Es lo único que conservo de mi antigua vida. Se llama Cochito. Es Schnauzer miniatura, pesa poco y ahora que está flaquito, pesa menos. Tiene el pelo de color negro tupido, áspero y duro. Es bonachón, alegre e intrépido. Esto lo dice mi madre. Siempre está vigilando y dispuesto a defender si es preciso. Lo amo tanto como a mi hermanito. Está un poco enfermo porque ahora mezclamos su comida para que le dure más. No tenemos plata para la comida del perro ni para llevarlo al veterinario. Mi papá me dijo que escogiera entre venderlo o que se muriera. Todo el día me la he pasado llorando, pero ya tomé una decisión. Voy a dejar que lo venda, pero quiero conocer quién será su nuevo dueño. No quiero dejarlo en una casa que lo maltraten.

Esta mañana le dije a mi papá que a él también le toca hacer sacrificios. Fuma desde hace muchos años y aunque antes lo hacía con moderación, desde que perdió el trabajo y fuma como un murciélago. Así dice mi mamá. Él reconoció que yo tengo razón y no es solo por el gasto, sino porque se puede enfermar. Tuve que llorar para convencerlo. ¡Qué sería de nosotros si él se enfermara y muriera! El cigarrillo mata, lo dicen todos. Incluso en la cajetilla hay un anuncio de los daños que ocasiona el cigarrillo. En la televisión, hay programas para que las personas conozcan los peligros de fumar y dejen de hacerlo.

Hoy le pedí a mi papá que me ayudara con la tarea que nos puso la maestra. Tengo que dar una charla sobre las consecuencias del tabaquismo. A mi papá le quedaba un solo cigarrillo en la cajetilla y me dijo que dejara que se fumara el último. Sé que para él va a ser duro, sobre todo al principio, pero para mí va a ser peor separarme de Cochito. Mi papá siempre fuma en el patio, en la casa anterior lo hacía en el jardín. Él dice que no quiere que su vicio nos afecte. Se acaba de fumar el último cigarrillo y viene triste. Me duele verlo así, pero mi abuelita nos dijo que hay que ser fuertes, que cuando lo somos Dios nos ayuda.

La maestra me entregó un folleto para mi charla. Se lo leí en voz alta a mi papá y le dije que la nicotina es una droga que hace que los vasos sanguíneos se cierren, además, causa adicción. El monóxido de carbono es un gas tóxico que se une a la sangre y hace que no llegue suficiente oxígeno al cuerpo. El alquitrán es el principal agente cancerígeno y los gases irritantes provocan que la gente tosa, tenga faringitis y bronquitis. Hoy es el primer día que mi papá no fuma y está irritable y de mal humor, incluirlo en mi tarea lo ha ayudado. Se ha quedado pensativo y creo que eso es bueno.

Sayuri le dijo a su padre que aceptaba la venta del perro.

—Ya tengo comprador.

—¿Cómo sabías que iba a aceptar?

—Porque lo quieres mucho y no ibas a dejarlo morir.

—Papi, quiero conocer al nuevo dueño, deseo estar segura de que no lo van a tratar mal.

—Me parece bien, voy al teléfono público a llamarlo.

Sayuri aprobó a los nuevos dueños, una pareja con dos niños entre los diez y los doce años, quienes vivían en una gran casa, como la anterior de ellos. Sayuri se lo encargó especialmente a la niña y le dijo cuánto ella amaba a su mascota.

—Sí, es así, ¿por qué lo vendes?

—Nos arruinamos y no tenemos ni para comprarle comida.

—No te preocupes, aquí estará bien.

—¿Puedo venir a visitarlo?

—Tengo que preguntarle a mi papá, pero creo que sí.

Cuando acordaron el precio, Santiago no se atrevió a pedir más de cuatrocientos dólares, a él le había costado mil seiscientos. Temía que el comprador se arrepintiera. El señor Jaén notó el dolor reflejado en el rostro de Sayuri, por lo que sacó de su cartera doscientos dólares más y dijo que eran para la niña. Santiago se los entregó a su hija y ella se los devolvió diciendo que los guardara para los gastos de la casa. Antes de salir la niña con el perro en sus brazos, le dijo a Sayuri que le había preguntado a su papá y que podía visitar a Cochito cuantas veces lo deseara.

El nuevo dueño miró a Sayuri: una chiquilla preciosa, alta para su edad, delgada, de piel blanca, cabellos largos castaños y una sonrisa que inspiraba ternura. Los frenos de ortodoncia no afean su expresión. Lo que más resaltaba de su rostro eran sus ojos, entre verdes y chocolates, pero en el fondo de su mirada se adivina una inmensa tristeza.

Sayuri afronta una vida difícil y es demasiado joven para comprender la miseria que la rodea. Antes creía que su papá podía resolverlo todo, ahora tiene sus dudas. Sus padres la han mimado siempre, la han tratado con mucho cariño. Sin embargo, ahora se siente terriblemente sola e incomprendida. Santiago, a pesar de que no tiene trabajo, ya no dispone de tiempo para abrazarla y decirle que la quiere. Y ella se siente abandonada.

Estoy triste, separarme de Cochito es como arrancarme un pedazo de mi corazón. Todas las mañanas me levanto temprano para jugar con mi perro. Hoy no me acordaba y lo llamé y enseguida recordé que no estaría más con nosotros. No puedo soportarlo y me duele el pecho. Estoy segura de que a él le pasa lo mismo, aunque no lo puede decir. Yo tampoco, porque haría sufrir a mi papi.

Cuando llegué a la escuela, Chela notó mi tristeza. Le conté lo que me pasaba y me dijo que en unos días se me pasará el dolor. Lo importante era que al perrito lo iban a tratar bien. No sé si fue para consolarme o qué, pero me contó una historia terrible. Me dijo que hacía dos años, su madre dio a su hermano recién nacido en adopción. Me dijo que ellos eran seis hermanos y todos tenían más de diez años. La madre de Chela no esperaba tener más hijos y por esa razón lo regaló. Le pregunté si le había dolido y me dijo que solo un poquito. En ese momento pensé que si mis padres regalaban a mi hermanito, me moriría.

Cuando le pregunté a Chela por su papá, me dijo que no sabía quién era, pues nunca llegó a verlo. «Debe ser duro para tu mamá mantener a seis hijos», dije. «A veces no comemos y nos tenemos que conformar con el vaso de leche y la galleta que nos dan en la escuela», me explicó Chela. «¿De qué trabaja tu mamá?», le pregunté. Ella miró a lo lejos, por un momento creí que no iba a contestarme, pero lo hizo: «No lo sé, cuando le pregunto se pone brava. Solo sé que sale de noche y a la mañana siguiente trae dinero».

La historia de Joaquín también es triste. Me la contó ayer en la escuela. Su padre tiene ocho años de estar detenido en la cárcel La Joya. Le pregunté qué había hecho su padre y me respondió que lo único que sabía era que no mató a nadie. Desde el día que detuvieron a su padre, su hermano mayor, con solo quince años, se hizo cargo de la familia. Se reclutó en una de las pandillas más peligrosas de San Miguelito. Joaquín me comentó que todas las noches reza para que no maten a su hermano, pues hay una rencilla entre dos de las pandillas y lo tienen sentenciado. No entiendo mucho sobre esa guerra, pero él me dijo que, en la mayoría de los casos, pelean territorios. Si vives en un gueto no puedes pasar para el otro. Le pregunté que cuántos hermanos tenía y me dijo que siete.

Esta noche mi papá me dio otra mala noticia. Va a vender todos los libros, solo dejará la Biblia y los textos escolares. Desde el año pasado leo los libros grandes que teníamos en la biblioteca. Pero como vendimos los muebles, ahora están en una cajeta. Dice mi papi que es mejor venderlos y sacar algo de dinero antes de que se vayan a perder. Mi abuelita le dijo que esperara, que su casa ya está por venderse y que si recibimos ese dinero no hará falta vender los libros. Pero él dijo que ese dinero es para pagar la rehabilitación de mi mamá, pues este mes se le vence el seguro y no podrá utilizarlo.

Ya no nos queda nada que vender. Mi papá vendió parte de la ropa de todos, eso no me duele, porque ya solo uso el uniforme porque casi no salimos a ninguna parte. Cuando le mostré a Chela los seis vestidos que mi papi me había dejado, sonrió y me dijo que ella no tenía un solo vestido bonito. Le pedí permiso a papá para regalarle uno de los míos. Ella se puso contenta y dijo que se iba a poner a dieta. Nunca me imaginé que la vida de los pobres fuera tan triste.

Escuché una conversación entre mi papá y mi abuela. Ella le dijo que lo único que no vendería eran las prendas de su pollera. Fue un Martes de

Carnaval cuando, ataviada con su pollera y esas prendas, conquistó el corazón del abuelito. Mi papi sonrió, la abrazó y le dijo que estaba bien.

¡Qué calor hace! Esta casa es un infierno. En la otra casa teníamos aire acondicionado central. Mi papá me dijo que no es bueno recordar nuestra vida anterior porque nos pone tristes. Que tenemos que conformarnos con lo poco que tenemos, pero no puedo. No se lo digo para que no se desespere. No sé qué es peor, si el calor o los mosquitos. Cuando llueve no hay tanto calor, pero llegan los moscos, por otra parte, la casa se moja.

Mi hermanito se resfrió y le dio una fiebre alta. Mi papá gritaba como un loco cuando Santiaguito comenzó a moverse de un lado a otro, creo que era un ataque. Lo llevó al Hospital del Niño. Pobrecito, el médico le dijo que estuvo en grave peligro. Las medicinas fueron caras y se fue casi todo el dinero de la venta de Cochito.

Santiago estaba preocupado, su niño no respondía al tratamiento. Estaba en terapia intensiva y se la pasaba llorando. Padecía neumonía y eran pocas las posibilidades de que se recuperara. Él se lo comentó a doña Antonia. Sayuri, quien escuchaba la conversación cerca de ellos, dijo:

—Papi, llévame al hospital, yo puedo hacer que Santiaguito deje de llorar.

—Es una buena idea —dijo la señora Antonia.

—En el hospital no dejan entrar a los niños —dijo Santiago.

—De eso me encargo yo —dijo Antonia, mientras sonreía.

Al día siguiente, llegaron al Hospital del Niño, doña Antonia, Santiago y Sayuri. La abuela habló con el médico encargado del caso y le explicó lo conveniente que era permitirle a Sayuri conversar con su hermanito. Después de un diálogo prolongado, el médico aceptó. Sayuri se acercó a la cama del niño que lloraba sin consuelo. Lo tomó en sus brazos y lo acunó.

—Hermanito querido, no puedes irte. Todos te queremos, sé que extrañas a mamá. Yo también la extraño, por favor, no te vayas.

Sayuri le cantó la melodía de todas las noches. Santiaguito se fue quedando dormido. Doña Antonia se acercó y, luego de contemplar la escena, llamó al médico.

—Observe la serenidad que muestra el rostro del niño.

El galeno tuvo que reconocer que ningún sedante había logrado, lo que consiguió la voz de la hermana de su paciente.

—¿Qué explicación le da usted a este cambio? —preguntó doña Antonia.

—La medicina no siempre tiene explicaciones para estos fenómenos, señora.

—El amor sí —concluyó la abuela.

En menos de diez días el niño fue dado de alta y en los pasillos del hospital se decía que el pequeño era un milagro de amor.

Hoy cuando venía del colegio me asaltaron unos jóvenes. Eran tres y uno de ellos tenía un cuchillo. Como no tenía dinero, me quitaron los zapatos y la mochila. El mayor de ellos tiene como quince años y trató de besarme, me dio tanto asco que le grité «desgraciado». Nunca insulto a nadie, pero estaba brava. Entonces me haló de los cabellos y me arrastró. Por suerte llegó Joaquín con Chela. Se enfrentaron a los maleantes. Después supe que uno de ellos es hermano de Joaquín. Chela me limpió el uniforme y cuando llegué a casa mi abuela se asustó mucho. Invitó a mis amigos a pasar, le conté todo, excepto que uno de los asaltantes era hermano de Joaquín.

Desde que vivo en Samaria tengo mucho miedo. Antes solo tenía miedo a lo oscuro, a los sapos, a los ratones o a las películas de terror. Estoy triste por lo que hemos perdido y no me refiero a las cosas, sino a la confianza. La vida en este barrio es peligrosa y cada vez que alguien se me acerca pienso que me va a asaltar.

Doña Antonia viajó a Monagrillo. Había un cliente para su casa, aunque el precio acordado no era justo. Pero ellos requerían con urgencia ese dinero. La casa era vieja y lo de más valor allí era el terreno. Se la compró uno de sus vecinos y le entregó el dinero de inmediato. Firmó todos los documentos y regresó enseguida a Panamá.

Una inmensa tristeza embargaba el corazón de Santiago. Sabía lo que significaba para su madre deshacerse de su casa. Nunca se imaginó que tendría que llegar a estos extremos. Pero él necesitaba el dinero para que Miranda se recuperara. La paciente apenas hablaba y no podía caminar. El médico le había dicho que en unos días lo daría de alta, pero debía continuar con la terapia, los controles médicos y una estricta dieta.

Doña Antonia regresó de su viaje y le entregó todo el dinero de la venta de su casa a su hijo. Estaba sonriente. Ella posee la capacidad de aislarse del terrible entorno y retrotraerse a una vida de riqueza espiritual. Solo de esa forma se puede explicar la serenidad de su rostro.

Doña Antonia no había ido a visitar a Miranda al hospital; prefería cuidar a sus nietos. Cuando a Miranda le dieron salida, Santiago le dijo que su madre lo estaba ayudando a cuidar de los niños. La mujer no contestó; solo alzó los hombros con indiferencia.

Al llegar a la casa, Sayuri recibió a su madre con un abrazo. Doña Antonia le daba la comida a Santiaguito. Miranda ni los miró, apenas balbuceó unas palabras que solo Santiago entendió.

—Quiere descansar —dijo, sin mirar a su suegra.

Doña Antonia observó a Miranda, estaba desmejorada, ella siempre admiró su belleza, ahora reducida a nada. Santiago la cargó, la llevó a la recámara y la puso en la cama. El rostro de su nuera no reflejaba ninguna emoción. Él le preguntó si deseaba comer algo. Ella movió la cabeza para ambos lados. Sayuri se acostó al lado de su mamá, quien volteó la cabeza e hizo un intento por sonreír, pero la boca se le viró y un hilo de baba le corrió por la barbilla.

Miranda no conocía esa casa; antes de mudarse cayó enferma. Qué triste debe ser desear expresar descontento y no poder hacerlo. Balbuceaba y nadie la entendía. ¿Cómo era posible que su esposo la llevara a esa pocilga? ¿Hasta dónde había llegado la insensatez de Santiago? Movía uno de los brazos de un lado a otro, pero su esposo y su suegra no lograban comprender lo que decía. Al fin, vencida, estalló en sollozos.

Sayuri se acercó a su padre y a su abuela y dijo:

—A mi mami no le gusta la casa, estoy segura de que eso es lo quiere decirnos.

Miranda movió la cabeza en señal de aprobación y se llevó la mano que podía mover más a la cabeza.

—Mmmm, ja, ma.

—No te esfuerces mi amor —dijo Santiago—. Esta situación es pasajera, pronto saldremos adelante, ten fe en Dios.

Miranda cerró los ojos y agachó la cabeza. Santiago la cargó y la llevó a la cama. Poco después se durmió.

No puedo ver a mi mami así, pareciera que la hubieran cambiado. Creo que no se va a recuperar. La prefiero como antes, peleona y altanera, que ahora que está como muerta. En una ocasión la maestra nos dijo que el amor cura, voy a quererla mucho. Mi papá ya no tiene tiempo para demostrar lo mucho que nos quiere, está tan ocupado haciendo nada, porque no tiene trabajo, pero se la pasa buscando. Está tan triste. Mi abuelita es la única persona en la familia que nos dice que nos quiere. Voy a hablar con ella para que haga las paces con mi mamá.

—Sé que tienes motivos para estar brava con mi mamá, pero ya ves cómo está. ¿No podrías hacer un esfuerzo y perdonarla? Tú eres buena y ahora te toca atenderla, pero si lo haces con amor, estoy segura de que mi mami se va a mejorar.

—Ya ni recuerdo el disgusto con tu madre. Te prometo que voy a cuidarla con mucho amor, pero espero que ella coopere.

—Abu, no tiene otro remedio. No podemos pagar una empleada y va a tener que conformarse con que tú la cuides.

La señora Antonia observó a su nuera. La vida da tantas vueltas, nunca se imaginó que Miranda llegara a ese estado. Ella siempre se vanaglorió por hablar cuatro idiomas. Eso era típico en las carreras que estudiaban las niñas ricas. Nunca quiso trabajar, pues afirmaba que el trabajo no se hizo para ella.

La fisioterapista atendía a Miranda tres veces por semana. Todos los ejercicios que le hacía se los fue enseñando a la señora Antonia para que los practicaran los días que ella no venía. Miranda tenía buena disposición con la terapista, no así con su suegra. Doña Antonia no se dejaba vencer y le hacía los ejercicios a pesar de la resistencia de su nuera. La fonoaudióloga le practicó terapia de lenguaje y, antes de los tres meses, ya Miranda hablaba mejor; por lo menos se le entendía. Sin embargo, con la fisioterapia tuvo menos éxito. Solo caminaba con andadera y casi no la quería usar. Prefería desplazarse en la silla de ruedas. Doña Antonia resolvió el asunto de una manera contundente.

Lo primero que hacía la enferma al levantarse era pedir su silla de ruedas. Doña Antonia le llevó la andadera.

—Por-favor, trái-ga-me la si-lla de rue-das.

—La vendí, ya es hora que dejes esa silla.

—Mal-di-ta vie-ja, por qué hi-zo eso.

—Por la sencilla razón de que no quiero que sigas inválida.

—¿Y a usted qué le impor-ta? Entro-me-tida.

—Me importa mucho, porque esta vieja mal-dita y entrometida es la que te cuida. ¿Qué te parece?

—Pues enton-ces me que-do en cama, no voy a pasar tra-ba-jo con esa an-da-dera de mier-da.

—Entonces no comes. ¿Entendiste?

Miranda estaba sola con su suegra, pues Santiago estaba buscando trabajo y Sayuri, en la escuela. Santiaguito lloraba en el otro cuarto. Doña Antonia lo fue a buscar y se dispuso a darle la comida. Unas horas después, escuchó un ruido en la recámara. Miranda había intentado levantarse sin apoyo y se había caído. La señora Antonia ni se inmutó.

—Tendrás que esperar a que llegue Santiago para que te levante. No voy a arriesgarme a que me dé una hernia.

Cuando llegó Santiago, Miranda vociferaba desde la recámara. Él corrió para ver qué le sucedía. Y la encontró en el suelo. Entre sollozos ella le contó que por culpa de su madre ella se había caído. Santiago estaba furioso y en tono airado le reclamó a su madre.

—Hijo, no le aguanto malacrianzas a Sayuri, mucho menos lo voy a hacer con tu mujer. Se negó a usar la andadera. Ya ella hablaba con más fluidez y caminaba mejor con la andadera.

Los enfrentamientos entre ambas mujeres continuaron por varios meses. Santiago ya no intervenía, sabía que su madre tenía razón. Miranda no tenía otro remedio que ajustarse a su nueva vida, y con el tiempo disminuían sus disgustos; hasta se notaba que se quedaba tranquila al lado de su suegra. En verdad, doña Antonia tenía la suficiente fuerza para imponerse y corregir los desaciertos. Le decía una y otra vez a Miranda que cuando tomara conciencia de su comportamiento, entonces estaría lista para hacer los cambios.

—Puedes cambiar tu vida en cualquier momento, si enfrentas tus miedos, eliminas el sentimiento de culpa, Solo así recuperarás la alegría de vivir. Actúa como cuando eras niña. No sentías culpa por el pasado ni te importaba el futuro, simplemente vivías el momento presente. Ese estado de paz y sosiego es el reino de Dios. Pero si te empeñas en vivir quejándote y llena de miedo por lo que pueda pasar, estarás en el infierno. Enfrenta tus miedos, asume la responsabilidad de tus actos y corrige, si es que puedes; si no, perdónate y sigue adelante —manifestaba la señora Antonia.

Miranda no contestaba enseguida. Se quedaba con la cabeza inclinada, como meditando en esas palabras. En ciertas ocasiones suspiraba hondo y miraba a la anciana con agradecimiento. En verdad, la enfermedad, por un lado, y la tenacidad de Antonia, por el otro, la estaban domando.

Un día, luego de uno de esos consejos, Miranda levantó el rostro; estaba mojado por las lágrimas, es cierto, pero también una sonrisa afloraba en sus labios, iluminándola.

—Antonia, hay muchas cosas por las que tengo que pedirle perdón, pero creo que también hay otras tantas por las que debo agradecerle. Usted tiene una gran sabiduría y no sé de dónde la obtiene, pero me deja sin palabras. Y pensar que alguna vez discutimos porque yo sí tenía estudios y usted no.

—La sabiduría que se adquiere en la escuela es buena, pero la que se recibe en el corazón, con humildad, aún es mejor. La sabiduría de la que hablas la obtengo de la Biblia, mi madre la leía todos los días y era una mujer sabia, a pesar de que solo asistió a los primeros años de la escuela primaria. Yo estudié un poquito más, cursé hasta el noveno grado y tuve que dejar la escuela para trabajar en la fábrica de queso de mi padre. Gracias a ese negocio pude educar a Santiago en la universidad. Por otra parte, recuerda que Jesús no les reveló el mensaje a los grandes maestros del saber, sino a la gente humilde como yo. Todos esos conocimientos están en la Biblia, hija.

CAPÍTULO 6

Hoy es mi cumpleaños, solo mi abuelita lo recordó. Cuando me levanté ya mi papi había salido a buscar trabajo y mi mamá seguía durmiendo. En años anteriores me hacían una fiesta. Mi mamá escogía el lugar, cada año uno diferente y me compraba muchos regalos, aunque mi papá los pagaba. Hoy, al llegar a la escuela, Chela y Joaquín me esperaban a la entrada. Mi amiga me abrazó y Joaquín me cantó un reggae. A pesar de que no me gusta esa música, esta canción sí me encantó.

Llegué corriendo a casa y le dije a mi abuelita que Joaquín me había compuesto un reggae. «Esa música es fea, hija», protestó ella.

—Abuelita, no todo el reggae es malo, pensaba lo mismo cuando vivía en la casa grande. A mí no me gusta cuando dicen palabras obscenas, pero un día escuché uno cantado por The Boy: «Mi dulce nena».

Le canté una parte y mi abuelita le agarró el ritmo de una vez, porque me contestó casi cantando:

—Sí, hija mía, puede que tengas razón; las generalizaciones son malas, nos llevan a errores ¿Me cantas el reggae que te hizo Joaquín? Me gustaría ver cómo es.

No dejé que me lo pidiera dos veces. Aunque no me lo sé bien todavía, se lo canté:

—«Esta es mi niña bella
aunque ella no me mire sigue siendo bella.
Cuando llegó al gueto
me pregunté qué hace aquí esa niña bella.

Mis *frenes* se burlaron
de su forma de hablar
y de sus vestidos caros.

Esta es mi niña bella
aunque ella no me mire sigue siendo bella.

Asustada me miraba como a un bicho raro
Yo solo le dije, no llores niña bella
tú eres una flor en este barrio feo
la vi reír y supe que ibas a ser mi niña bella.»

Esta es mi niña bella
aunque ella no me mire sigue siendo bella.

Fue divertido porque mi abuelita bailó y también mi mamá. Ella está mejor y desde que hizo las paces con mi abuela ha cambiado su carácter. Así nos encontró mi papá. Se sorprendió mucho de vernos bailar; preguntó que cuál era el motivo de nuestra alegría. Mi abuela le recordó mi cumpleaños. Entonces me abrazó y me dijo que lo perdonara, y que me seguía queriendo igual. Le respondí que lo sabía y que yo ahora lo quería más que antes porque no deseaba que él estuviera triste.

Llegó la Navidad. Era la primera vez que no esperaba regalos. Recordé con tristeza la Nochebuena en la casa grande. Esperaba que llegaran las doce para bajar a la sala a buscar mis juguetes. Me pasaba horas abriendo obsequios. Cenábamos a las nueve de la noche y yo me acostaba y fingía dormir. Apenas mis padres se dormían, me posesionaba de mis regalos. ¡Qué diferente es ahora que somos pobres! No es que me hagan falta los regalos. Lo que extraño es la cena de Navidad. Comimos temprano y mi papá se acostó. Mi abuelita puso un arbolito. No es un arbolito-arbolito; es solo un ficus en un pote, pero es bonito, así arreglado con papeles de colores y cintas brillantes. Hoy en la escuela me dijeron que no existía el Niño Dios, como si yo no lo supiera. No soy tan ingenua para creer que Santa viene cargado de regalos. Lo que sí suponía era que Dios les daba a los papás el dinero para que les compraran regalos a sus hijos. «¿O será que Santa tiene miedo a que le roben? Este barrio es peligroso», me dijo Chela, no sé si para burlarse o como consuelo.

Cerca de las doce de la noche vi a mi abuelita cerca del arbolito. Voy a bajar para ver si me puso algo. Hay cuatro regalos: uno para mí y otro para mi hermanito, los otros son para papá y mamá. Abrí el mío. ¡Qué alegría! ¡Es un libro, una blusa y unas sandalias! El otro es para mi hermanito, creo que es un carrito y algo de ropa.

Debajo del árbol hay un sobre. Está dirigido a mí. Es una carta de mi papá. En ella me dice que me quiere mucho, que este año no tuvo dinero para regalarme. Pero que yo soy su mejor regalo. ¡Qué bello es mi papá! ¿Sabes, Diosito? Esta Navidad ha sido feliz para mí, aunque no tenga nada material, tengo al mejor papá del mundo.

Poco a poco la animadversión de Miranda hacia su suegra había disminuido. Ahora, cuando conversan, disfruta de las anécdotas que tan bien sabe contar Antonia, y que la hacen reír. Una mañana, mientras le hacía los ejercicios de las extremidades superiores e inferiores, Antonia iba contando:

—¿Sabes, Miranda? Tengo en Monagrillo una vecina ocurrente, la señora Andrea, anciana llena de vida, alegre y cariñosa como no te puedes imaginar. Cada vez que me sentía triste, la iba a visitar. Una mañana, en la emisora tenían un concurso patrocinado por la marca de whisky J&B. Anunciaban el número que iban a llamar y la persona tenía que contestar: «En mi casa se toma J&B». De esta manera se ganaba doscientos dólares. En la emisora anunciaron el número de mi vecina y ella se puso nerviosa, por eso, al contestar dijo: «En mi casa se toma *Ginger Ale*». Al escuchar las carcajadas del locutor, agregó «¡Con *J&B!*». Las risotadas no cesaban. Los patrocinadores no tuvieron otro remedio que darle los doscientos dólares del premio, porque sí, ese licor suele tomarse con sodas.

Doña Antonia es de las que se regodea en sus relatos. Les pone sal y pimienta. Esa era una manera de entretener a su nuera, y continuaba:

—En esa familia todos son ocurrentes, hasta los niños. El más pequeño vendía camarones. Un día salió temprano y como los camarones eran chicos no había vendido nada. Una señora le preguntó que si los camarones eran de los cabezones. El niño de inmediato le respondió: «Pa qué los quiere, pa comérselos o pa ponerles sombrero?» Ah, y cuando vendía guandú y las personas le preguntaban que, si eran olorosos, respondía: «Olorosos es poco, son casi Givenchi III».

Doña Antonia hizo una pausa para poder celebrar el chiste con su nuera, pero enseguida continuó:

—Desde que llegas a la casa de Andrea, con solo leer un letrero que tiene en la entrada de su propiedad, te mueres de la risa.

—¿Y qué dice el letrero? —pregunta Miranda, divertida.

—Fíjate: «Perro manso, vieja brava».

Miranda no paraba de reírse, casi no podía respirar. En ese momento entró Santiago a la recámara, preguntando cuál era el motivo de tal alboroto, pero ni una ni otra atinaban a contestar, reídas como estaban. Cuando supo el cuento, él también participó en las risotadas. Así los encontró Sayuri, que también preguntó y su abuelita le repitió las historias. Aunque ella no le encontró la gracia al chiste, estaba feliz de que sus padres estuvieran alegres.

Ese fue el primer día que Miranda pudo caminar sin apoyo. Todos aplaudían, parecían una familia feliz. Pero en verdad quedaban grandes pruebas por superar.

Otras veces las pláticas no eran tan amenas; era cuando hablaban de los problemas que los agobiaban:

—No sé por qué Santiago no consigue trabajo, ya lleva casi dos años de estar desempleado. Cada día está más triste. Y cuando viene de una entrevista, llega destruido.

—¿No te das cuenta, Miranda, de que Santiago no está actualizado con la tecnología? En días pasados le dije que tomara alguno de los cursos de computadora que da el INADEH y me dijo que él está viejo para eso. Mi hijo tiene cincuenta y un años y piensa que es un viejo. Yo tengo más de setenta y no me considero una vieja, por lo menos no una chancluda.

—Antonia, yo también le dije lo mismo y me contestó que ya encontraría un trabajo que él pudiera hacer. Además, anda tan mal vestido, tú sabes que, conforme te ven, así te tratan.

Esa noche Santiago les dijo que había conseguido trabajo. Doña Antonia no podía creerlo, su hijo se estaba conformando con un puesto de ayudante general en un taller cercano. Miranda no pronunció una sola palabra, bajó la cabeza y una sombra de tristeza le cubrió el rostro.

Santiago no se imaginó lo duro que era el empleo. El trabajo, por humilde que sea, no debe avergonzarnos, se decía para darse ánimo. Pero no se trataba de un simple ayudante general; era eso y más. Todo el día debía estar pendiente de lo que se necesitara, y cuando concluía la jornada, debía limpiar el área, los vehículos y las herramientas. Terminó sus labores agotado, se recostó a uno de los automóviles estacionados afuera del taller. En ese momento, una señora se acercó, abrió su cartera, sacó veinticinco centavos, se los dio a Santiago y le dijo:

—Gracias por cuidarme el carro.

No tuvo tiempo de reaccionar, la señora ya se había ido. Esa noche llegó a su casa sintiéndose el hombre más miserable de la tierra. Después de la cena, le comentó a su madre y a su esposa el incidente y les dijo que iba a renunciar, pues ese día se había dado cuenta de que la dignidad no es negociable.

La vida de los pobres se desarrolla en medio de grandes dificultades, pero ellos se las ingenian para sobrevivir rebuscando oficios inverosímiles como los «bien cuidaos». Son gente que, por unas monedas, dicen cuidar los autos que están estacionados. En cierta forma, se trata de un chantaje, porque lo que te están diciendo es que, si alguien no paga, el auto puede sufrir algún daño.

Santiago se sintió humillado, él era un profesional y, aunque estuviera arruinado, no por eso iba a dejar de ser un hombre digno.

A medida que la tecnología se abre paso en los sectores laborales, los trabajadores se enfrentan al estrés ante los retos que plantean los ambientes tecnológicos. Eso genera una creciente inseguridad laboral. Se sabe que el despido es uno de los conflictos más traumáticos para un individuo, y es causante de niveles significativos de depresión y hasta de deterioro de la salud mental. Entre aquellos que padecen esta situación, es posible encontrar quienes se ven obligados a adoptar trabajos a tiempo parcial, con reducción en los salarios, o bien alejados por completo de su formación profesional o de sus hábitos laborales. Esto provoca indignación, y su confianza y autoestima sufren nuevas mellas. La persona siente que es sustituible, innecesaria y quizás hasta invisible en un marco laboral, tecnológico. Se hallan encerrados en una situación que los oprime, que no les permite escapatoria y los orilla a decisiones extremas.

Doña Antonia se acercó a su hijo y a su nieta. Ella observó la tristeza en el rostro de su hijo. Le pidió a Sayuri que la dejara sola con Santiago y le habló con palabras serenas, firmes, sacadas de adentro:

—Hijo querido, vivir es sufrir; sobrevivir es hallarle sentido al sufrimiento. Quien tiene un porqué para vivir, encontrará casi siempre el cómo. El dolor que puede significar el vivir, se alivia si se cuenta con personas amadas, con una fe en la que creer, con alguien con quien compartir una sonrisa. A veces hasta es necesario contemplar las cosas simples de todos los días, como la belleza de la naturaleza: un árbol, una puesta de sol. Hijo, tú tienes quien te ama, tú tienes a quien amar, tú tienes adónde mirar. No te rindas. Hay momentos felices en tu memoria, tráelos a ti, recupéralos. En un rincón del corazón reside la alegría de la vida. Búscala, pero no te dejes vencer.

Doña Antonia hizo una pausa para tomar aliento, abrazó a Santiago y prosiguió:

—A través de los libros he aprendido mucho. Testimonios de personas que se han enfrentado al sufrimiento y conservaron su dignidad. ¿Me dejas leerte un pensamiento de este libro? Dice que Dostoyevski exclamó en una ocasión: «Solo temo una cosa: no ser digno de mis sufrimientos». Hijo, aun en la situación en la que vives, puedes conservar tu valor, tu dignidad y tu generosidad. O bien, en la lucha por la supervivencia, puedes olvidar tu integridad. Aquí reside la oportunidad que el hombre tiene de aprovechar o de dejar pasar las oportunidades de alcanzar los méritos que una situación difícil puede proporcionarle. Y lo que decide determina si es merecedor de sus sufrimientos o no lo es.

Al captar el reproche que encerraban las palabras de su madre, se apresuró a decir.

—Mamá, no sabes lo frustrante que es no tener trabajo ni los medios para satisfacer las necesidades de tu familia.

—Sí, lo sé, puedo leer en tu rostro como en un libro abierto. Llora, expulsa todo ese dolor, esa rabia, ese desconsuelo. Pero no te dejes vencer. Hijo, tú nunca serás un perdedor. Te desconozco. Si no puedes con la carga, déjala en manos de Dios. Él vendrá en tu auxilio, pero no te desesperes, si lo haces, tus capacidades, que son muchas, se oscurecerán. Recuerda siempre que tienes la libertad de elegir tu actitud ante las circunstancias, por terribles que sean y de esa manera decidir tu propio destino.

Doña Antonia hizo otra pausa y agregó:

—¿Sabes por qué los pobres no salen de la miseria? Porque no se atreven a soñar. Sueña, querido hijo, atrévete a soñar que has superado esta situación y que vuelves a tomar el control de tu vida. ¡Hazlo!

—Una vez más, tienes razón, mamá. Voy a luchar para salir adelante.

—Santiago, le estoy haciendo la novena a San Pancracio, el santo de los desempleados, muchas veces le he pedido trabajo para mis amistades y lo han encontrado.

—¿San Pancracio? No he oído hablar de ese santo.

—Pues aquí tengo una estampita de él. Mira lo que dice: «San Pancracio nació en la entonces ciudad turca de Frigia, probablemente en el año 286, de padres nobles y que no tenían como religión el cristianismo. Pronto quedó huérfano y junto a su tío Dionisio se trasladó a Roma. Se interesó por conocer el Evangelio y se bautizó. Por aquellos tiempos había un edicto que perseguía a todos aquellos que abrazaban la fe cristiana. Pancracio fue descubierto y condenado a morir. Los cristianos se hicieron cargo del cuerpo del joven mártir y le dieron sepultura en un cementerio cercano a la mencionada calle». Ven hijo, vamos a rezar la oración a San Pancracio.

A pesar de lo deprimido que se encontraba, Santiago no deseaba desairar a su madre y accedió a orar con ella. Se tomaron de la mano. En ese momento llegó Sayuri y preguntó lo que estaban haciendo. Doña Antonia le explicó que oraban para que su padre encontrara trabajo. Sayuri llamó a su madre y la familia rezó:

—Glorioso San Pancracio, alcanzadme de Dios trabajo honrado y suficiente para todas las necesidades de esta vida temporal. Os pido salud y fuerza para cumplir con mi trabajo. A través de él confío en alcanzar la gloria eterna. Amén.

Santiago volvió a contarle a su madre el incidente, donde lo habían confundido con un «bien cuidado». Ella lo escuchó en silencio mientras él decía:

—Quiero que sepas que he sufrido más de lo que un ser humano puede soportar y, a pesar de ello, no se lo he dicho a nadie. Un hombre como yo solo olvida su orgullo ante las necesidades de su familia.

Santiago hizo una pausa; luchaba para que no se le quebrara la voz. Luego prosiguió:

—Dicen que el desempleo es sinónimo de desocupación, y no es cierto, es cuando más ocupada se encuentra la persona, pero lo terrible de esta situación es que nadie te paga y a fin de mes solo se incrementan las cuentas y las preocupaciones. Si uno tiene más de cuarenta años, el problema es peor, pues no solo te hacen sentir inútil, sino viejo. Mamá, pero no te quedes callada, dime algo.

—Estoy pensando hijo.

—¿Sabes una cosa, mamá? Me he sentido desesperado en estos días por no poder conseguir los medios para subsistir, pero nunca por mi mente ha pasado la más remota idea de delinquir para conseguir dinero.

—Hijo, fuimos pobres, sin embargo, te formé en valores y creo que cuando eso pasa, el delito jamás es una opción.

—Sí, hiciste un buen trabajo. Eres una mujer con una gran sabiduría, quiero que me digas por qué razón no consigo trabajo.

—Creo saber cuál es el problema.

—¿Cuál?

—¿Te has preguntado qué necesitas aprender para conseguir trabajo?

Santiago no respondió, fue su madre la que continuó.

—Debes preparar el terreno como lo hace el agricultor antes de la siembra. El éxito se obtiene cuando se desarrolla la capacidad de cambiar con los tiempos. Si no te preparas y actualizas, te quedas rezagado, marginado e improductivo.

—No entiendo a qué te refieres.

—No estás actualizado, Sayuri me ha comentado que apenas sabes usar la computadora. Recuerdas que esa es la parte en la que fallas cuando te llaman para un nuevo trabajo.

—Tienes razón, pero ¿crees que a esta edad pueda aprender?

—Eres joven todavía. Yo tengo más de setenta años y no me pongo límites.

—Sí, pero ¿vas a decir que puedes aprender a usar la computadora?

Doña Antonia no respondió, tal vez sin intención su hijo la estaba invalidando. ¿Cómo era posible que después de tantos años no supiera de lo que ella era capaz?

—Si me lo propongo, estoy segura de que me sería fácil. Lo que pasa es que tú te subestimas y ahora pretendes hacerlo conmigo y no te lo voy a permitir.

—Disculpa mamá, no quise ofenderte.

—Pero lo hiciste.

La señora Antonia se sintió profundamente herida, sin embargo, sabía que su hijo atravesaba una grave crisis. Se acercó a él para decirle:

—Te voy a probar que tu madre no es una prehistórica.

—Mami, no te pongas así, yo más que nadie sé que eres una mujer extraordinaria.

A partir de ese momento, el comportamiento de doña Antonia fue misterioso. Hacía todas las cosas en la casa, y salía desde la una, hasta

pasadas las seis. Su hijo no se atrevía a cuestio-
narla, ella no desatendía a Miranda, quien ahora
se desenvolvía mejor, ni a los muchachos, que
colaboraban bastante. En los siguientes tres meses se agotó el dinero que les quedaba de la venta
de la casa. Esa mañana ella salió más temprano
que de costumbre y regresó como a las tres de la
tarde. Sayuri la recibió con una sonrisa y le dijo:

—Abuelita, ¿por qué vienes tan contenta?
¿No te das cuenta de que ya se nos agotó el dinero?, no tenemos ni para la comida. Mi papá sale
todos los días a buscar trabajo y regresa tan triste
que ni me atrevo a preguntarle cómo le fue.

—No te preocupes, mi niña, deja los problemas para los adultos.

—Sabes una cosa, abu, tú y mami se traen
algo. Cuando las encuentro conversando, se ca-
llan. Nunca han tenido secretos, es más, hasta se
llevaban mal, ahora están hermanadas y me da la
impresión de que traman algo.

—Niña, ¿cómo se te ocurre semejante cosa?
Ni que fuéramos unas conspiradoras.

—No lo niegues, se traen algo.

CAPÍTULO 7

Doña Antonia salió y poco después regresó en taxi. Venía del supermercado. Santiago todavía no había salido de la casa y se sorprendió al ver llegar a su madre cargada de paquetes.

—Hijo, ¿no saliste como de costumbre?

—No tenía para el transporte y me siento cansado.

—No te desanimes, por favor.

— ¿Y esos paquetes?

—Fui al supermercado y compré comida para un mes.

— ¿De dónde sacaste el dinero?

—Me lo dio un novio millonario —dijo doña Antonia sonriendo.

—No sé cómo puedes estar contenta en la situación que estamos viviendo.

—Hijo, cuando pienses que no puedes más con la carga, canta y Dios te dará una mano.

—No me has dicho todavía de dónde sacaste el dinero.

—Empeñé las prendas de la pollera.

—¿Por qué lo hiciste? Cuando vendiste la casa me dijiste que jamás venderías esas joyas porque te recordaban cuando papá se enamoró de ti.

—Eso ya no importa. Además, te tengo una sorpresa. Ahora vienen a instalarnos una línea telefónica. Sé que no quieres, pero la puse a mi nombre y, como soy de la tercera edad, me sale más barata. Necesitamos tener un número donde nos localicen, o donde localizar a otros. Pero hay algo más, mira esto.

Santiago abre la boca a medida que escucha hablar a su madre, pero cuando la ve abriendo la caja en que trae una computadora portátil, enmudece por la sorpresa.

—Mamá, pero esto qué es...

—La puerta hacia una mejor vida, ya no tendrás que andar pateando calles para buscar trabajo, el trabajo vendrá a tocarte la puerta a ti.

—No entiendo.

—Internet, hijo. Durante estos últimos meses tomé un curso en el INADEH, ya sé usar esta tecnología y deberás aprender también, o el dinosaurio de esta casa serás tú.

Por la tarde les instalaron la línea telefónica y un módem para su acceso a Internet. Entre Antonia y Sayuri instalaron el equipo sobre una mesa improvisada. Al poco rato la madre instruía al hijo:

—Santiago, esta es una página en donde puedes ver las vacantes que están a disposición en diversas empresas, acá puedes poner también tu currículo. Te aconsejo que tomes el curso al que yo asistí, es sencillo, pero mientras tanto, yo te puedo enseñar algo de lo que aprendí.

—Mamá, tú no dejas de sorprenderme.

—Me alegra, pero ahora, ven. Hay varias posiciones a las que puedes aplicar.

—¿Tú crees que esto resulte?

—Nada se pierde con probar. Recuerda, estamos en el futuro, y esto es el futuro.

Sayuri se reía al escuchar a su abuela hablar. Pero Santiago aún no salía de su asombro. En verdad, él se había quedado atrás con relación a la tecnología. Internet, el correo electrónico, llenar formularios básicos en la web eran tareas desconocidas para él, y amedrentadoras. Se conformó con la rutina del banco, la que dominaba bien hasta el momento de los cambios, y nunca hizo esfuerzos por actualizarse; ahora estaba pagando las consecuencias. Sin embargo, doña Antonia le había dado, una vez más, una gran lección. Nunca se imaginó que una persona con setenta años podía aprender a usar una computadora tan rápido. Su madre lo retaba y él no tenía otra alternativa que aprender.

Sayuri seguía, divertida, las peripecias de su padre, a medida que intentaba mantener el paso de las enseñanzas de su abuela. Miranda también se aproximó para enterarse del suceso.

—¿Por qué no me participan el motivo de tanta alegría?

Doña Antonia en pocas palabras se lo contó y Miranda preguntó:

—¿Aceptarías una nueva alumna?

—¡Con mucho gusto!

De repente el rostro de la señora Antonia se ilumina:

—¿Qué les parece si ponemos un negocio?

—¿Negocio? —pregunta Santiago.

—Sí, podemos enviar currículos, inscribir a las personas, hacer investigaciones de la escuela, de esas que tanto necesitan los muchachos. No sé, creo que podemos intentarlo.

A Santiago no le pareció mala la idea. Pero para eso él tenía que colaborar más decididamente. Llamó al instructor de informática que le dio clases a su madre y acordó ir a matricularse.

Doña Antonia, con la ayuda de un programa de diseño, hizo unos anuncios que distribuyó por el barrio. Estos fueron redactados por Miranda. Desde que iniciaron el proyecto, ella se llenó de entusiasmo y mejoró su salud. Ya casi ni se le notaba las secuelas de la enfermedad. En el anuncio se ofrecía una gama de servicios, desde trabajos por computadora, investigaciones, envío de currículos hasta aplicación a vacantes en las páginas de ofertas de trabajo, todo por sumas módicas, al alcance de las personas que por allí residían. Los ingresos no eran muchos, pero sí constantes, nunca faltaba quien requiriera esos servicios. Las preocupaciones por las deudas comenzaron a disminuir.

Meses después, con el respaldo de Santiago, el ingreso se incrementó hasta llegar a la suma de cuatrocientos dólares mensuales. Ahora había más personas que solicitaban sus servicios para pasar trabajos, para enviar o recibir correos, para hacer anuncios de los comercios cercanos. Al mismo tiempo, Miranda se había transformado en una mujer admirable: colaboradora, reflexiva, cariñosa, compasiva y solidaria. Santiago: un hombre que solo vivía de las apariencias, aunque buen padre, no planificó su vida para una contingencia como la que les tocó vivir.

Sayuri era un modelo de niña. Siempre fue una buena chica, aunque en ocasiones era caprichosa. Ahora era el orgullo de su familia. Santiaguito era pequeño, pero estaba siendo educado con responsabilidad. La que no cambió porque no necesitaba hacerlo fue doña Antonia, una mujer extraordinaria. Ella despertó la conciencia de toda la familia y aunque renunció a su independencia, ahora ya no se sentía sola.

Santiago, luego de aprobar el curso de informática, se sentía capacitado para enfrentar cualquier reto. Comenzó a escribir artículos y los enviaba a los diarios, pero no se los publicaban. Hasta que se le ocurrió escribir uno que se titulaba: «El trabajo de buscar trabajo», en el que narraba sus vicisitudes como desempleado, poniéndole un toque de humor y de optimismo al asunto. Entonces lo llamaron de un tabloide popular, en el que era director el señor Aparicio, un cliente suyo en el MBB. El propio director lo atendió, diciéndole cuán sorprendido estaba porque él se dedicara a escribir, que lo hacía bien y que estaba tocando un tema tan importante para la realidad actual. No sospechaba que se trataba de la vida real del antiguo ejecutivo glamoroso.

—Santiago, justo en estos días estamos haciendo un rediseño del diario, vamos a cambiar todo: tipografía, enfoques, diagramación. En ese marco, nos llegó su artículo y encaja como anillo al dedo, por lo que queremos hacerle una propuesta directa: que escribas una sección semanal sobre ese tema, el desempleo y la búsqueda de trabajo. Es más, podemos dejarle el título que le puso al artículo que ya mandó. ¿Podrá hacerlo? ¿Sus labores actuales se lo permitirían?

—Lo que escribí es la vida real, lo que pueda seguir escribiendo será parte de esa vida que me ha tocado enfrentar tras mi salida del MBB; le aseguro que es difícil sobrevivir como desempleado.

—Caramba, eso me sorprende, pero a la vez me complace que pueda enfocar todas esas penurias de una manera jovial, atractiva para nuestro público. Le ofrezco el espacio, y le pagaremos por su labor.

—¿Es cierto lo que me dice?

—Por supuesto. En principio escribiría una columna cada lunes, a inicios de semana, cuando todos hacen nuevos proyectos. Calculo que recibirá unos cien dólares por artículo; eso significaría cuatrocientos al mes. Comenzamos esta misma semana con el que envió, así que ya está cobrando.

Santiago no respondió, no deseaba ponerse a saltar allí en la oficina del director del medio. El señor Aparicio lo despidió y le pidió que se pusiera a trabajar en el proyecto. Le adelantó doscientos dólares por sus artículos

Las manos le temblaban a Santiago cuando vio el diario con su nueva sección, ilustrada con buenas imágenes, en colores, con su nombre encabezando la columna. Le parecía un sueño que se cumplía. Después comenzó a elaborar una lista de las necesidades prioritarias de la familia; al fin podía hacer planes, aunque modestos, para llevarlos adelante.

La segunda columna salió con la fotografía de Santiago, y los vecinos lo detenían en la calle para felicitarlo. Uno de ellos le dijo que si no había pensado contar la historia del barrio.

—Somos tan pobres como mendigos, que vivimos entre inmundicias y moscas, mientras nuestros políticos se pavonean, admirados por todos, pero nadie quiere recordar que lo hacen a nuestra costa. Solo publican lo malo de aquí, y eso no debe ser, usted puede hacer un libro sobre nosotros, ¿no cree?

—No soy escritor, escribir una columna con mis vivencias diarias no es lo mismo que hacer un libro, pero voy a pensarlo, tal vez no sea mala idea.

—Es buena idea, señor Santiago, estoy seguro de que usted puede. Quisiera ser así de inteligente como usted.

—Sé que lo eres, ¿qué estudiaste?

—Solo fui hasta tercer año y era buen alumno.

—Puedes continuar tus estudios, además te expresas bien.

—¿Usted cree? A mí ya se me olvidó todo lo que aprendí.

—Lo vuelves a aprender. Te puedo ayudar, en la casa tenemos una escuelita donde enseñamos a las personas a usar las computadoras.

—No, yo estoy viejo para eso.

— ¿Cuántos años tienes?

—Treinta y nueve.

—Mi madre tiene más de setenta y aprendió.

—Bueno, es que doña Antonia es un fenómeno. Y lo digo en el sentido bueno de la palabra.

—Te entiendo, pero te repito: anímate que puedes lograrlo.

Al llegar a su casa, Santiago le comentó la conversación con el vecino, a su madre y a su esposa. La más entusiasmada era doña Antonia.

—Hijo, ¡es buena idea!

—No sé por dónde comenzar.

—¿Por qué no cuentas nuestra historia?

—¿Tú crees?

—En otra ocasión hubiera dicho que me daba vergüenza, pero hoy me siento orgullosa de nuestros logros —agrega Miranda.

—Voy a pensarlo. Eso de escribir un libro se ve tan difícil.

—¿Quién sería el personaje principal? —preguntó Sayuri.

—Tu abuela —respondió Miranda.

—No, el personaje principal serías tú, mi querida niña —dijo la señora Antonia con los ojos llenos de lágrimas.

—¿Por qué yo, abuelita?

—Porque has sido la inspiración de todos. Después de vivir en la opulencia, rodeada de comodidades, de un día para otro quedas inmersa en la más absurda de las pobrezas. De un colegio privado de primera clase, pasas a uno público, deteriorado. Y tú, mi niña, jamás te quejaste. Nadie más que tú serás la heroína de la novela que escriba tu padre.

Sayuri abrazó a su abuela, y se le unió su madre y Santiago. Desde la habitación se oye un llanto.

—Es mi hermanito, voy a buscarlo.

Sayuri trae al pequeño y se vuelven a abrazar. Santiago reflexiona por unos minutos y exclama.

—¡Voy a intentarlo! Escribiré la novela, pero no les garantizo que sea buena.

CAPÍTULO 8

Santiago sacaba las cuentas del mes y sumaba ingresos y gastos. El balance era positivo. Ya él solo se dedicaba a escribir, no solo los trabajos que les encargaban en el barrio, sino los artículos que eran tan gustados por el público. Las cartas al director estaban llenas de elogios para la columna «El trabajo de buscar trabajo». Además, ya eran tantos los que iban a aprender a usar la computadora, o a investigar algún tema, que debieron adquirir una segunda máquina, y a alguien se le ocurrió llamar «La Academia» a la salita donde trabajaban. Miranda y doña Antonia atendían las diversas solicitudes. Ese mes los ingresos sumaron mil cuatrocientos dólares. Doña Antonia controlaba los gastos de una manera austera, y decidieron abrir una cuenta de ahorro con el sobrante.

En una ocasión en que Santiago balanceaba las cuentas del mes, llegó doña Antonia. Se quedó mirándolo y le preguntó:

—¿Por qué no compras un auto usado?

—No mamá, prefiero seguir como estoy. Un carro genera muchos gastos y creo que todavía no estamos para darnos esos lujos.

—No es un lujo, en tu caso es una necesidad. Tienes que levantarte temprano para hacer tus diligencias.

—No es una necesidad, antes pensaba así, pero ahora me doy cuenta de que es más importante tener un ahorro para contingencias, Mami, si lo hubiera tenido cuando ganaba tanto dinero, todo hubiera sido diferente. Aprendí, de eso no quedan dudas.

—Tienes razón, hijo. Estoy orgullosa de ti.

—Lo que les voy a decir les va a parecer contradictorio, pero es lo que siento. Si me pusieran a escoger entre la vida anterior y la de ahora, escogería esta sin la menor duda. Antes me sentía aburrido, triste y cansado. Ahora estoy lleno de entusiasmo, me levanto cantando y ustedes son testigos de mi cambio.

Una sociedad debe lograr que sus ciudadanos puedan vivir de hacer algo que les guste hacer, pues cuando la persona no vive de hacer lo que le gusta no es feliz. Santiago había aprendido que cuando se tiene dinero extra se debe ahorrar para contingencias. Antes gastaba más de lo que ganaba y como consecuencia de esta actitud se endeudó. Cuando perdió su empleo quedó lleno de deudas y sin ahorros. Este fue el inicio del desastre, porque quien gasta más de lo que produce daña la sociedad, pues esa acción no es sostenible y promueve la escasez y la pobreza.

Miranda y su suegra salieron a comprar algunos muebles. Santiago deseaba darles un poco de comodidad. Doña Antonia estaba asombrada, nunca se hubiera imaginado a Miranda regateando precios. Hubo un momento en que le llamó la atención.

—Hija, si no está a nuestro alcance, no lo compres, pero deja de insistir en las rebajas.

Más que una recomendación, aquella expresión pareció una estrategia, porque el dueño del local acordó hacerle el descuento que solicitaba Miranda. Cuando llegaron a casa las dos estaban felices. Los muebles eran económicos, pero con un estilo distinguido. Santiago estaba complacido al verlas tan contentas y pensó que esas eran las grandes alegrías de los pobres. Antes vivían en la opulencia con muebles importados y ahora su familia disfrutaba de una adquisición modesta. «Todos hemos cambiado», dijo en voz alta. Doña Antonia le preguntó a qué se refería y él compartió con su esposa y su madre sus reflexiones.

Miranda abrazó a doña Antonia y dijo:

—Sabes, querida mamá, bendigo la pobreza que hemos experimentado, porque si esto no sucede, jamás nos hubiéramos reconciliado. Ahora no tengo dinero, pero tengo una madre maravillosa y una familia unida. ¿No se da cuenta de que ahora Santiago pasa más tiempo con nosotras? Antes se quedaba hasta en la noche en la oficina. Y yo me sentía sola y llenaba ese vacío con vanidades. Ahora mi vida está llena de amor y no necesito nada. Esa es la verdadera riqueza. Tener lo que uno requiere.

Santiago se levantó sin prisa, se acercó a su mujer y a su madre. Llamó a Sayuri y les dijo:

—De ahora en adelante no cuestionaré los designios de Dios. Cuando estuve desesperado no imaginé que la adversidad era el sendero hacia la recuperación de mi familia. El encuentro del sentido de la vida y lo más importante: el camino hacia la felicidad, porque la felicidad no es un destino, sino un camino que se recorre cuando asumimos la voluntad de Dios. Él nunca nos abandona, siempre está a nuestro lado, lo que pasa es que nuestra constante queja no nos deja oír su voz. Sentí su presencia el día que, desesperado, intenté escapar de la peor manera. En ese instante un calor recorrió mi cuerpo y a medida que eso pasaba, una fuerza se apoderó de mi alma y de mi mente. Y tuve la certeza absoluta de que iba a salir adelante. A partir de ese momento, no tuve dudas y luché cuerpo a cuerpo con la fatalidad. Y supe desde el fondo de mi corazón que Dios me bendecía. Todas las mañanas ofrezco mi vida y mi lucha diaria al Señor. Tú sabes mamá que, aunque era católico, no era practicante. Sin embargo, ahora estoy en comunión con mi fe y soy feliz.

El director del diario llamó a Santiago para citarlo a su oficina. Este sintió aprensión y le solicitó que le adelantara el motivo.

—No te preocupes, Santiago, te vamos a hacer una oferta.

Cuando estuvo frente al señor Aparicio, recibió elogios por el éxito de la columna, y una nueva propuesta de los directivos del diario:

—El jefe quiere publicar tu columna dos veces por semanas. ¿Crees que puedas escribir dos a la semana? Queremos sacarla en la edición dominical, digamos. Podría ser un poco más extensa, la ilustraríamos más.

—Por supuesto.

Santiago hizo el cálculo. Eso le daría un ingreso de ochocientos dólares mensuales, más la «Academia», que ya daba una buena suma también.

Estoy contenta, ya no pasamos apuros económicos, no somos ricos como antes. Seguimos viviendo en Samaria, pero ya no tenemos las preocupaciones de los pobres. Mi papi habla de comprar un terreno y hacer una casa grande con una parte independiente para mi abuela. Ella no quiere regresar a Monagrillo, pues se sentiría sola. Creo que tiene razón. Mi mamá ha cambiado y ahora es prudente y desde hace unos meses ella también abrió una cuenta de ahorros. Entre ella y mi abuela sacan las cuentas y siempre dejan una cantidad para ahorrarla. Ya ella no le pide nada a mi papá y en días pasados se disgustó porque le trajo un perfume. Le dijo que no debemos gastar el dinero en lujos. Mi abuela dijo que eso se llama tomar conciencia.

Yo también lo he hecho, ahora sé que un abrazo es más importante que un carro y que escuchar un «te quiero» vale más que un celular. Mi abuela dice que la vida nos cambia, pero es que la vida cambia, antes éramos ricos, después fuimos pobres y ahora no somos ni ricos ni pobres, somos felices. Nunca pensé que mi mami dijera un día que en Costa del Este nunca fue feliz. Pero así es, ahora también se levanta cantando. Tiene una voz preciosa, nos contó que solo cantaba cuando estaba enamorada de mi papá. Dice mi abuela que a las personas que están contentas siempre les va bien y que cuando tienen una dificultad se les soluciona de inmediato. Eso es cierto, mi abu es sabia.

Esa noche fue de gran alegría, Santiago llegó con un televisor de veintiuna pulgadas, que estaba en oferta. Miranda recordó con tristeza su antiguo televisor, un plasma de cincuenta y dos pulgadas que les costó dos mil dólares y que después su esposo tuvo que vender en cuatrocientos.

Ese domingo, en el programa de la lotería pasaron un anuncio que alteró a toda la familia. En la pantalla apareció la foto de Cochito. Sayuri dejó escapar un grito. Santiago pidió silencio para escuchar la información: «un Schnauzer miniatura, de aproximadamente treinta centímetros, de pelo negro, gamas de gris, tupido, áspero, duro y espeso, se había extraviado en las cercanías del Multi Plaza. Se ofrecía una recompensa de quinientos dólares. La dueña del perro, una niña de doce años, no comía desde que el perro se extravió».

Doña Antonia se acercó a su nieta, la tomó de la mano y le dijo:

—Vamos a rezarle a San Francisco, el santo de las mascotas. Verás cómo aparece.

Sayuri se abrazó a su abuela y Miranda se les unió. Ahora era capaz de conmoverse y expresar sus sentimientos.

—¿Me aceptan en el grupo de oración?

—Mami, tú no rezas.

—Tu abuelita me enseñó. Ahora tengo fe y oro todos los días. Además, leo la Biblia, para un día ser tan sabia como doña Antonia.

—¡Qué honor me haces, hija!

Por primera vez, tras algún tiempo, la mirada de Miranda recuperó su vivacidad al preguntar a doña Antonia, llena de interés:

—¿Me llamó hija?

—Claro, porque ahora lo eres. Te siento tan cerca de mi corazón.

—Gracias, mamá.

—Te das cuenta de cuánto has cambiado, antes me hubieras dicho cursi.

—Ahora yo también lo soy, porque si para expresarme tengo que ser cursi, lo seré.

CAPÍTULO 9

Sayuri se levantó ese lunes más temprano que, de costumbre, se despidió de sus padres y de doña Antonia.

—¿Por qué te vas tan temprano para la escuela? Tu jornada de clase es en la tarde —dijo Miranda.

—Porque tengo examen de matemáticas y Joaquín me va a explicar algo que no entiendo.

—¿Por qué no le preguntaste a tu padre? Siempre lo haces, ¿no es así?

—Sí, pero Joaquín se ofreció y no lo quise despreciar.

—Está bien, procura ganar buenas notas.

Sayuri no respondió, tomó su mochila y se fue deprisa. Doña Antonia, que observaba la escena, comentó:

—Sayuri se trae algo.

—Por favor, no veas fantasmas donde no los hay —dijo Santiago.

Al llegar a la escuela, Joaquín la estaba esperando. Ella lo había citado a esa hora, sin darle mayores explicaciones.

—Necesito que me hagas un favor.

— ¿Para qué soy bueno?

—Quiero que me acompañes a Multiplaza. Cochito se perdió y tengo que ir a buscarlo.

—¿Y quién es Cochito?

—Mi perrito, el que mi papá vendió. ¿No te acuerdas?

—Sí me acuerdo.

—Te necesito, tú sabes que no conozco mucho cómo ir hasta allá y regresar.

—Claro que te acompaño. Vamos.

—Espera, vamos a esperar a Chela. No podemos dejarla fuera de esta misión. No nos lo perdonaría.

Los tres amigos salieron de la escuela antes de que iniciaran las clases.

Llegamos al centro comercial y Chela y Joaquín no lo conocían. Me dijo Joaquín que su madre nunca lo ha llevado a esos centros, el único que conoce es Los Pueblos. Su mamá les dice que para qué van a ver lo que no pueden comprar. Desde que mi papi perdió el trabajo tampoco he regresado. Les dije que Cochito podía andar extraviado por los alrededores, pero ellos quieren conocer las tiendas y estoy desesperada.

Joaquín y Chela se separaron de Sayuri para entrar a una tienda. De repente ella se vio sola. La angustia le oprimía el pecho, corrió en busca de sus amigos y les dijo:

—Vine a buscar a Cochito, o me acompañan o voy sola. Comprendo que estén admirados por las tiendas que no conocen, pero ahora lo importante es encontrar a mi perrito. Así que voy con ustedes o sola.

Sayuri dio media vuelta y se fue. Joaquín y Chela la alcanzaron y salieron del centro. Estaba oscureciendo y no habían comido nada, solo tenían el dinero del pasaje. Chela se sentó sobre una acera y respiró profundo. Estaba cansada y le daba miedo la oscuridad en un lugar desconocido. Joaquín la imitó y se sentó cerca de ella.

—Chela, tengo hambre y Sayuri no quiere que regresemos hasta encontrar al perro.

—Sayuri, regresemos a casa.

—Esperemos unos cinco minutos, le acabo de rezar a San Francisco, ya que él es el santo de las mascotas, me lo dijo mi abuela. Tengo que darle por lo menos unos minutos.

—Está bien, cinco minutos.

Pasado ese tiempo fue Joaquín quien pidió regresar. Sayuri desesperada gritó:

—¡Cochito, Cochito!

Chela sintió compasión por su amiga, pues sabía cuánto sufría. Resignada, Sayuri se levantó y dijo:

—Está bien, regresemos a casa.

Los tres iban caminando por una de las calles laterales al centro, tristes. Dejaron de asistir a la escuela, andaban lejos de su casa, llegarían tarde, ya deberían estar extrañándolos, y todo por nada. De pronto, de entre unos botes de basura salió Cochito, mojado, sucio, pero moviendo la cola al reconocer a su antigua ama. Sayuri estaba inmóvil, con la boca y los ojos abiertos, como si no pudiera moverse. Cuando el perro llegó hasta ella. Chela fue la primera en decir.

—¿Ese es Cochito?

—¡Sí! ¡Sí, es él!

—¿Lo llevamos para tu casa?

—No, lo llevaremos con su actual dueña. En este papel tengo anotada la dirección. Para llegar más rápido iremos en un taxi, estoy segura de que el señor de la casa nos lo pagará.

Minutos después, Sayuri y sus amigos llegaron a la casa de la familia Jaén. El señor se encargó de pagarles el taxi y los hizo pasar a la sala. Sayuri estaba pálida y cuando él le preguntó qué le pasaba fue Joaquín el que respondió.

—No hemos comido en todo el día.

— ¿Por qué no han comido?

—Solo teníamos dinero para el pasaje.

—¿Qué tiempo tienen de estar en la calle?

—Desde la diez de la mañana.

—¡Pero si son la siete de la noche!

El señor Jaén le ordenó a la empleada darles comida a los chicos. Sayuri le pidió permiso para llamar a su papá. Uno de los empleados se encargó de bañar a Cochito y darle comida. También estaba hambriento. Después de que comieron, el señor Jaén le dijo a Sayuri que su padre vendría por ellos. La hija entró a la sala, traía entre sus brazos un cachorro. Saludó a Sayuri efusivamente y le dijo:

—Como no encontrábamos a Cochito, mi papi me compró otro perro. Lo quiero mucho, se llama Pepper.

—Señor, usted perdone, pero creo que se ofreció una recompensa para los que encontraran a Cochito. —dijo Joaquín.

Sayuri lo interrumpió, alarmada:

—No, no voy a aceptar recompensas de ninguna clase. No podría, sería como vender por segunda vez a mi perrito.

Está bien, niña bella, pero la platita no nos vendría mal —respondió Joaquín.

—Eres un materialista —dijo Chela enojada.

—No se peleen— pidió el señor Jaén.

La hija del señor Jaén se acercó a Sayuri con una sonrisa.

—Sé que quieres tanto a Cochito como yo a Pepper. Por eso le voy a pedir algo a mi papá.

El señor Jaén miró a su hija, intrigado. ¿Qué otro capricho tendría que cumplirle a su nena?

—Papi, quiero que regreses a Cochito a su verdadera dueña.

—No, aunque ya estamos en mejor situación, mi papá no tiene el dinero que ustedes pagaron —protestó Sayuri.

—Es un regalo. Una niña como tú se merece eso y más—dijo el señor Jaén.

Sayuri no tuvo tiempo de responder, en el umbral de la puerta estaba su padre. Ella se acercó y lo abrazó, pero su padre estaba disgustado.

—¿Cómo es posible que te hayas escapado de la escuela? Siempre te consideré una niña prudente y ahora me resultas una irresponsable. Creo que las malas compañías te están influyendo —dijo Santiago sin apartar los ojos de Joaquín.

—No papi, mis amigos no tienen la culpa. Yo se los pedí. Si quieres me castigas, pero no me alejes de mis amigos. Sin ellos no hubiera encontrado a Cochito.

En ese preciso momento Cochito entró a la sala. Sayuri lo abrazó. El señor Jaén tuvo que hacer ingentes esfuerzos para que Santiago aceptara el regalo. Los niños se mantenían en silencio. Joaquín estaba triste, pensaba que el papá de su amiga lo despreciaba. Antes de despedirse, el señor Jaén le pidió a Santiago que los visitara, estaba seguro de que Sayuri sería una buena influencia para su hija. Chela preguntó que si ella también podía venir.

—Claro que sí, los amigos de Sayuri, son mis amigos. Para ti también es la invitación, Joaquín.

Joaquín no respondió, Santiago comprendió lo injusto que fue con el niño y agregó:

—Claro que Joaquín vendrá, yo mismo los traeré.

Joaquín bajó la cabeza, Santiago se le acercó y lo abrazó.

—Disculpa si fui brusco contigo. Estaba enojado, perdóname.

Joaquín levantó la mirada, en su rostro se reflejaba una enorme sonrisa. Se aproximó a Santiago y lo abrazó. Lo mismo hicieron, Sayuri y Chela. La hija del señor Jaén se unió al grupo y le dijo a su padre.

—Ven papi, nosotros nunca nos abrazamos.

Así los encontró la esposa del señor Jaén y sin preguntar, se unió al círculo de amor.

CAPÍTULO 10

Santiago y Sayuri acompañaron a Chela y a Joaquín a sus respectivas casas para dar las explicaciones pertinentes. Cuando volvieron, doña Antonia y Miranda los esperaban en la puerta. Estaban tan contentas con el regreso de Cochito que perdonaron la travesura de la niña.

Al día siguiente, la niña le contó a la maestra la gran aventura. En la escuela, la historia de Cochito era comentada por todos los estudiantes. La maestra de Sayuri llamó a un programa de televisión y les contó la historia. La niña fue entrevistada por uno de los programas de la tarde, con un reportaje: «Amor por los animales: niña rescata a su antigua mascota». También entrevistaron al señor Jaén y a su hija. Joaquín y Chela también salieron en el programa, pero Santiago se negó. Dijo que todo el mérito era de su hija y que con que ella saliera en el programa era suficiente.

La historia de Cochito conmovió a muchos niños que llamaron al canal de televisión, interesados en conversar con Sayuri. Allí les dieron el correo electrónico de la niña para que le enviaran mensajes. Uno de los patrocinadores del programa, cuando supo la historia, le envió de regalo una computadora para que la usaran los tres amigos: Sayuri, Chela y Joaquín.

Chela había modificado su conducta, las compañeras la molestaban y le decían «yeyesita probretona». A ella no le importaba, todo lo contrario, se sentía orgullosa de su cambio. Lo que aprendía se lo enseñaba a su mamá que, feliz, afirmaba que su niña era toda una lady.

Sayuri nunca modificó su forma de hablar y cuando se le salía una de las palabras que oía a diario, su madre le decía que no se comportara como una niña vulgar. Con Joaquín el trabajo fue más arduo, porque él no quería dar su brazo a torcer. Sin embargo, ya habían pasado casi dos años y aun en contra de su propio deseo, se comenzó a expresar de otra manera. Los compañeros se burlaban y le decían «el niño bello», en alusión a la manera como él llamaba a Sayuri.

Una tarde, a la salida de la escuela, los chicos de la pandilla esperaban a Joaquín.

—¿Cómo está el artista de televisión?

—No me molesten, la verdad es que la envidia los mata.

—¿Y qué le vamos a envidiar a un idiota como tú?

—Que salí en la tele. Si ustedes algún día salen será en un programa de crónica roja.

Los mozalbetes atacaron a Joaquín por sorpresa. Uno lo derribó y el otro le cayó encima. Lo sostuvieron contra el suelo y lo golpearon. Sayuri y Chela oyeron los gritos y reconocieron la voz de Joaquín. Sin pensarlo dos veces, se le abalanzaron sobre los atacantes. Sayuri sacudió a uno por los cabellos y lo haló hasta que logró que dejara de golpear a Joaquín. Los demás, sorprendidos, no reaccionaron, y esto fue aprovechado por Chela, quien arremetió contra el que tenía más cerca. Uno de ellos sacó un cuchillo. Sayuri dio la advertencia:

—¡Tiene un cuchillo!

Chela se volteó y golpeó con fuerza. El pandillero cayó y soltó el cuchillo. Sayuri lo botó lejos, tomó una roca y la apretó con fuerza.

—¡Lárguense! Por defender a Joaquín soy capaz de matarlos, uno a uno.

Chela contemplaba la escena sorprendida. Nunca se imaginó que la niña bella fuera capaz de semejante amenaza.

Los delincuentes huyeron y las muchachas pidieron ayuda para llevar a Joaquín al Hospital del Niño. Su estado era crítico. En el momento del asalto su madre no estaba en casa y Santiago se hizo responsable ante el hospital. Horas después llegó la madre, consternada, su semblante reflejaba tanta angustia que sintió Santiago compasión. Él no había permitido que las niñas fueran al hospital. Tenía que esperar que Joaquín recobrara la conciencia.

El médico le comunicó a la madre y a Santiago que el niño estaba en grave peligro de muerte;

debido a los golpes tenía una conmoción cerebral.

—Vamos a hacerle una tomografía para ver si hay sangrado en el cerebro. Debemos descartar una lesión cerebral. Hay ciertos síntomas que me inquietan, pero veremos cómo está.

—Doctor, no tengo dinero. Me imagino que ese examen es caro.

—No se preocupe, de alguna manera conseguimos el dinero —dijo Santiago.

Una de las enfermeras llamó al doctor. El paciente había despertado. El neurólogo entró a la sala y salió minutos después.

—¿Hay alguien en la sala de nombre Sayuri?

—Sí, mi hija —respondió Santiago.

—El niño pide hablar con ella. Complázcanlo, pero sea breve, está grave.

—La voy a buscar enseguida —contestó Santiago.

Cuando la madre de Joaquín vio llegar a Sayuri se le acercó y le dijo:

—Dile a mi hijo que luche por su vida, solo tú puedes conseguir que él lo haga.

Sayuri no sabía a qué se refería la madre de Joaquín, tampoco que él estuviera en peligro de muerte. No respondió y entró a ver a su amigo. Estaba lleno de tubos y agujas. Ella, que siempre admiró el color canela de su amigo, ahora lo veía pálido. Lo encontró tan desvalido que sintió pena. Se le acercó y le dijo:

—Joaquín, te quiero mucho. No te dejes vencer. No nos dejes. —murmuró, casi a su oído.

El niño abrió los ojos, se volvió hacia la niña, intentó sonreír, pero no pudo, solo la miraba, tan angustiada que a Sayuri le pareció que aquel dolor se volvía suyo. Ella lo observó, en una cama de hospital, su amigo se veía apuesto.

—Niña Bella, rézale al santo que hizo el milagro de Cochito. Pídele que no me muera. Me siento mal y no quiero dejarte sola. Ya me contaron que tú y Chela me rescataron. Eso no lo voy a olvidar. Quiero cuidarlas a ustedes. No me dejes ir.

—Joaquín, no hay un solo santo al que no le haya pedido que te sanes. No te puedes ir, te quiero mucho.

—Hay algo que quiero decirte, por si acaso me muero.

—No digas eso, por favor. «Cancelado, cancelado» como dice mi abuela.

—No me interrumpas. Quiero que sepas que te amo.

—Yo también te quiero.

—No es que te quiera, te amo. Quiero que seas mi novia y cuando sea grande voy a ser médico para que aceptes casarte conmigo.

—Prefiero ser tu amiga, porque la amistad es

para siempre. Si somos novios y nos peleamos, entonces te pierdo como amigo. Estamos niños para enamoramientos.

Joaquín movió la cabeza en señal de desaprobación, su respiración era agitada y ruidosa. Sayuri continuó.

—Quiero que sepas que sería fácil amarte porque eres el niño más bueno y bello que he conocido y no tienes que ser médico para que yo me case contigo. Solo debes seguir siendo bueno, con eso me conformo.

Joaquín cerró los ojos, una expresión de serenidad cubrió su rostro. Durmió por más de ocho horas y al despertar la mejoría era absoluta. De todas formas, el médico ordenó la tomografía. Los resultados fueron satisfactorios y solo permaneció en el hospital setenta y dos horas.

CAPÍTULO 11

Miranda invitó a Joaquín, a sus hermanos, a su madre y a Chela a un almuerzo. Ella cocinó, claro que supervisada por su suegra, que no se le separó ni un solo momento. Doña Antonia logró que su nuera se interesara por el arte culinario. Joaquín estaba restablecido y se sentía contento de que su familia y la de su niña bella estuvieran compartiendo una velada, como decía Chela. Su imaginación voló y pensó que, en unos años, él regresaría a pedir la mano de Sayuri. Se casarían, tendrían muchos hijos y serían felices. Doña Antonia lo sacó de sus sueños cuando le preguntó cómo seguía.

En la Academia las actividades se desarrollaban con normalidad, cada uno de los instructores asumía su rol. Había un departamento de gestión que se encargaba de buscar las ofertas de trabajo y enviar las hojas de vida de los aspirantes. Si la persona conseguía trabajo, de su primer salario debía aportar el 20 %. Cerca de cien participantes ya habían logrado empleo y todos habían pagado la cuota. Ellos sabían que el éxito dependía, en gran medida, de ellos mismos.

Santiago seguía con múltiples actividades: los artículos en el periódico y la redacción de su libro. Todas las noches escribía por varias horas.

Cerca de las doce, Miranda le apagaba la luz y le decía que era hora de descansar. Él la abrazaba y se iban a dormir. Ahora amaba a su mujer más que nunca.

La Academia estaba cerca del colegio de educación básica. En horas de la noche se impartían clases para adultos. Una noche, como a las diez, cuando los estudiantes salían de clases, la maestra se retrasó y fue asaltada por varios malhechores. Santiago oyó los gritos de la maestra y con un grupo de estudiantes de la Academia impidió que los delincuentes se la llevaran hacia los herbazales. A partir de ese incidente, todas las noches el grupo acompañaba a las maestras hasta la parada de autobuses. De esa manera disminuyeron los asaltos en el área.

Esas mismas medidas fueron adoptadas por barrios vecinos. Por primera vez la comunidad se había unido para impedir los delitos. Aun en los lugares donde campea la pobreza, hay muchas más personas decentes que malhechores. Eso repetía, una y otra vez, doña Antonia.

Mi papi me dijo que terminó su novela. Está feliz. Esta noche nos reuniremos para escogerle nombre. Él dijo que todos participaríamos. Me pidió que invitara a Joaquín y a Chela. Me sorprendí y le pregunté que por qué ellos. Respondió que ninguno de los protagonistas podía faltar. Mis amigos llegaron puntuales, el más emocionado era Joaquín. Mi abuelita hizo unos bocadillos y mi mamá repartió unos refrescos.

Santiago sacó un portafolio con el manuscrito de la novela. Les comentó el argumento. El personaje principal era Sayuri. La niña estaba emocionada. A la hora de escoger el nombre, no se ponían de acuerdo. Joaquín y Chela no se atrevían a opinar. Decían sí a todos.

Doña Antonia le pidió a Joaquín que cantara. Él se levantó y cantó el reggae «Niña bella». Santiago traqueó los dedos, llevando el compás, pero luego se quedó en silencio.

Al día siguiente, Santiago llevó la novela, sin título, al director del periódico. Él prometió leerla esa misma noche. Santiago tenía mucha fe en su obra. Algo le decía que iba a triunfar como escritor. Sin embargo, pasó una semana y el director del periódico no lo llamó.

Santiago salió el lunes temprano a tramitar el derecho de autor de su novela. No estaba dispuesto a seguir esperando y fue a visitar al director del diario. Lo hicieron pasar de inmediato. El director desde la puerta le dijo:

—Anoche leí su novela. Estaba ocupado y no había podido sacar tiempo para la lectura.

— ¿Qué le pareció?

—No me gustó.

El director hizo una pausa. Santiago sintió un vacío en el estómago.

—¡Me encantó! —concluyó el director.

— ¿La van a publicar?

—Sí, le tengo una oferta.

—Lo escucho.

—Conseguí unos patrocinadores. Con ese dinero le vamos a pagar a usted.

A Santiago le daba vergüenza preguntar la cantidad y prefirió esperar.

—Tengo mucha esperanza en el proyecto; además, por primera vez los empresarios han colaborado con entusiasmo. Saqué copia de la novela y se las di a leer. Espero que no se moleste.

—Todo lo contrario, me alegra mucho.

— ¿No me pregunta de cuánto es la oferta?

—Dígame usted.

—Publicaremos un fragmento diario a lo largo de un mes. Con colores e ilustraciones. Estoy autorizado para ofrecerle esta cifra.

El señor Aparicio escribió algo en un papel y se lo mostró a Santiago, quien palideció. Nunca se imaginó que le pagarían tanto. No dijo nada. Solo pidió un vaso de agua. Lo tomó despacio. El director prosiguió.

—La vamos a publicar dos veces. Si está de acuerdo lo haremos a principio del próximo mes y dos meses después, a petición de los lectores que van a ser muchos, la volvemos a publicar. Cada vez que se haga una publicación te daremos un pago adicional. Por ahora le tengo preparado un contrato por las dos primeras publicaciones, con opción y derechos reservados por dos años. Ya después puedes disponer de los derechos.

Santiago solicitó unos minutos para consultar con su familia. Aunque sabía que todos estarían de acuerdo, era preferible preguntarles si lo estaban. Miranda recibió la llamada y les preguntó a la señora Antonia y a Sayuri. La familia estuvo de acuerdo y Santiago firmó el contrato. Esa misma tarde Sayuri se lo comentó a sus amigos Chela y Joaquín.

Mi papá aceptó comprarse un carro usado con el dinero que le dieron por la novela. Ya hemos visto tantos carros, que estoy mareada. El vecino, que es mecánico, le recomendó un sedán que tiene poco kilometraje. Creo que vamos a comprar ese. Mi papá dijo que ese carro era para el trabajo y para pasear un poquito los domingos. Que teníamos que ser prudentes, porque la gasolina está cara.

Esa tarde fueron a pasear en el auto. Invitaron a Chela y a Joaquín. Ellos nunca habían paseado en un auto, solo en bus y una vez en taxi cuando encontraron a Cochito. El perro no se perdió el paseo. Santiago quiso visitar al señor Jaén y contarle lo de la novela, en la que aparecían ellos también.

Hoy es el día más feliz de mi vida. En una rueda de prensa se va a presentar el proyecto literario más importante de los últimos tiempos. Así dijo mi papi y me aprendí la expresión. No es la primera vez que en Panamá un periódico publica una novela por entregas, pero sí es la ocasión con más publicidad, que ha sido amplia y buena. Me han entrevistado todos los canales de televisión. Mi papá me dijo que esto les abre las puertas a escritores que no tienen dinero para publicar sus obras.

Joaquín está trastornado. A él también lo entrevistaron. El director del periódico contrató a The Boy, el famoso cantante de Regae, para que, junto a Joaquín, cantaran el reggae de la Niña Bella. Mi papá nos compró ropa a Joaquín, a Chela y a mí. Mi mami no quiso que le comprara nada porque, aunque no lo crean, dijo que hay que ahorrar. Además, ella tiene guardados varios vestidos de cuando éramos ricos. A la hora de vestirse estaba nerviosa, pues deseaba verse hermosa y se puso tacones altos. Todavía no camina del todo bien, por lo que se puso a ensayar con los tacones. Mi abuela, que entraba en los momentos en que trastabillaba, le dijo:

—Déjate de artistismos, hija mía, mejor te

pones los zapatos de tacón bajo porque es peor entrar rodando.

Mi mamá soltó una carcajada. Mi abuela siempre tiene la razón, ya nunca las cosas serán como antes. Mi mami dice que prefiere su nueva vida, con todo que algunas de sus capacidades estén disminuidas, se siente feliz.

Santiago le tenía reservada una sorpresa a doña Antonia. Le tomó más de dos meses, pero pudo rescatar las joyas de la pollera que su madre había empeñado. El propietario de la casa de empeño se había mudado, pero lo encontró en un nuevo local y cerró la transacción. Esa noche, antes de acostarse, Santiago le entregó a su madre un paquete envuelto en papel de regalo.

—¿Es para mí? ¿Y a qué se debe este regalo?

—Es para agradecerte todo lo que hiciste por nosotros. Sin ti no hubiéramos sobrevivido.

—Lo hice con mucho gusto. Tú sabes cuánto los amo a cada uno de ustedes.

Doña Antonia abrió el regalo. Miranda y Sayuri la observaban a cierta distancia. Cuando doña Antonia vio el contenido del paquete, las lágrimas le bañaron el rostro. Esas joyas tenían un valor sentimental y desde que se desprendió de ellas, se sintió incompleta. Las prendas simbolizaban una de las partes más bellas de su vida, el encuentro de su único amor. Se levantó despacio y abrazó a su hijo. Ahora se sentía realizada.

Santiago estaba feliz. Antes su trabajo no lo entusiasmaba, se pasó años haciendo una labor aburrida. De repente lo destituyen, cayó en la pobreza, se deprimió y estuvo a punto de abandonarse. Su madre lo hizo reaccionar y él encuentra un área de oportunidades creativas que lo hacen superar el hastío, la pobreza y el conformismo. Ahora, cuando se acuesta, no solo lo hace para descansar, sino también para soñar, pues tiene la capacidad y la fuerza necesarias para cumplir sus propósitos. Ha desarrollado un sentido de su propio destino, un sentido de su visión y de su papel singular en la vida: un sentido de propósito y significado.

Tengo entre mis manos el periódico. La portada de variedades es la portada de la novela. La imagen es el de una niña como de mi edad y a su lado un niño bailando reggae. No se parece a Joaquín, pero es él. Chela me llamó para decirme que Joaquín está parado al lado del joven que vende periódicos, voceando para que compren el periódico y lean la novela. Mi mamá me dijo que estaba orgullosa de mí. Mi abuela está feliz y mi papá, el héroe de esta historia, ni se diga. Nunca me imaginé que siendo una niña pobre podía ser feliz.

A mi papá le han prometido que a finales de este año publicarán la novela en forma de libro, y que la obsequiarán como regalo de Navidad a todos los suscriptores del periódico. Papá va a ser famoso, gracias a Dios.

Ah, en todos estos sobresaltos, olvidé decirles cuál fue, finalmente, el título de la novela. Papá escuchó todas las sugerencias, pero al final decidió llamarla «Niña Bella».

www.ingramcontent.com/pod-product-compliance
Lightning Source LLC
Chambersburg PA
CBHW050831180626
46814CB00004B/1570